書下ろし

幽霊奉行

喜安幸夫

祥伝社文庫

目次

本所深川界隈
浄心寺
山本町
富岡八幡宮
永代寺
門前仲町
門前町
門前東町
両国橋
新大橋
大川
小名木川
永代橋
本所深川
北
西
東
南

『幽霊奉行』の舞台

不忍池
鳥居耀蔵屋敷
神田川
神田
江戸城
北町奉行所
日本橋
八丁堀
南町奉行所
桑名藩松平家上屋敷
遠山金四郎屋敷
増上寺
浜松町

一　煩悩《ぼんのう》去らず

一

波の音が、一段と大きく聞こえる。
（戻って来たか……、生き長らえた身で）
胸中《きようちゆう》に込み上げるものがある。
墨染《すみぞ》めの衣《ころも》に饅頭笠《まんじゆうがさ》をかぶり、錫杖《しやくじよう》を手にした旅の托鉢僧《たくはつそう》だ。
同行するもう一人の僧形《そうぎよう》は、
（これでよかったのか）
秘かに懸念を募《つの》らせていた。
東海道は品川《しながわ》を過ぎれば、江戸湾の袖ケ浦《そでがうら》の海浜に沿った、潮風の吹く往還《おうかん》と

なる。湾曲した海浜の先に、街並が見える。その往還に歩を踏み、打ち寄せる波の音を耳朶《じだ》に受ければ、

（あとひと息）

江戸を目指した旅人の誰もが思う。

海浜の往還を経て、両脇から石垣がせり出し、その部分のみ石畳になった高輪《たかなわ》の大木戸《おおきど》を過ぎれば、街道の両側に家々が立ちならび、旅人はやっと江戸に入った実感に身を包まれる。

大木戸といっても、手形改めがあるわけではない。かつては役人が出張《でば》っていたのだろうが、行き来する人や物が多くなるにつれ往来勝手となり、両脇の石垣がかつての名残を留《とど》めるのみとなっている。その大木戸がまた江戸の府内と府外を分ける道しるべとなり、入ればすなわち江戸なのだ。

だが現在《いま》は府内のどの往還に歩を進めても、かつての江戸の華《はな》やかさは感じられず、これまでの道中以上に打ち沈んだ雰囲気が漂《ただよ》っている。

天保《てんぽう》十三年（一八四二）冬、神無月《かんなづき》（十月）の曇った日だった。

さきほど海浜の街道で懸念を募らせた同行の僧が、歩を踏みながら笠の前をすこし上げ、

「やはりのう」

往来の活気のなさに声を洩《も》らしたのへ、江戸への感慨を胸中に秘めた僧が、

「ご政道のせいでござる」

低く、つぶやくように言った。

懸念を募らせた僧は、

「さように言うは、まだ現世《げんぜ》の煩悩《ぼんのう》を捨て切れておらぬゆえかのう」

たしなめるように返した。

その僧は、伊勢桑名《いせくわな》の城下はずれにある、斎量寺《さいりょうじ》という日蓮宗《にちれんしゅう》の山寺の住職で竜泉《りゅうせん》といった。還暦《かんれき》に近く、同道している僧形の者を〝そなた〟と呼び、決して名は呼ばなかった。その者は還暦にはまだ五、六年はあり、竜泉を和尚《おしょう》と称《よ》んでいる。ということは、江戸への感慨を秘めたその人物は、形《なり》は僧だが出家《しゅっけ》はまだしていないのかもしれない。

二人とも品川を過ぎてから、一度も笠を外していない。高輪の大木戸を入った一角に茶店が数軒暖簾《のれん》をならべているが、その一軒の縁台に腰を下ろし小休止《しょうきゅうし》をとったときも、大きな饅頭笠をかぶったままだった。もし竜泉が笠をとったなら、紛《まぎ》れもなく剃髪《ていはつ》した僧侶の頭が現われるが、もう片方の笠の中は無精《ぶしょう》で剃《そ》

りを入れていないのではなく、理由《わけ》あってかなり伸びた毬栗頭《いがぐりあたま》のままである。あと幾月《いくつき》かそのままにしておれば、総髪《そうはつ》といえるほどになりそうだ。

茶店を出てからは、江戸を案内するように前を歩くその僧形がふり返り、

「和尚、この分なら陽の高いうちに深川《ふかがわ》に着きましょうぞ」

と、声をかけたのは、芝《しば》の金杉橋《かなすぎばし》を過ぎたあたりだった。陽が中天を過ぎた時分だった。

高輪大木戸が、旅をして来た者に、やっと江戸へ着いたと思わせる地なら、金杉橋は周辺の家々の構えや行き交う人や物のようすから、いよいよ江戸のまん中に近づいたと感じさせる場である。渡れば芝の増上寺《ぞうじょうじ》に近い浜松町《はままっちょう》である。

「ふむ。そうありたいのう」

と、竜泉が笠の前をすこし上げたときだった。

進んでいる方向の右手になる枝道から、不意に若い女が裾《すそ》を乱し、

「お坊さま！　お助けをっ」

叫びながら飛び出て来るなり、僧形の前へ崩れこむように身をかがめた。追っていたのはなんと鉢巻《はちまき》に手甲脚絆《てっこうきゃはん》を着《つ》け、六尺棒を振りかざした町奉行所の捕方《とりかた》ではないか。

「非道《ひど》いぞっ」

往来人のなかから声が上がる。若い女に六尺棒が振り下ろされたのだ。女はすでに身をかがめており、周囲には托鉢僧の饅頭笠へ六尺棒が襲いかかったように見えたろう。

つぎの刹那《せつな》、

――カチッ
硬《かた》い木と木の嚙《か》み合う音と同時に、

「おぉおぉおっ」

野次馬から感嘆の声が上がった。打ち下ろされた六尺棒を、一閃《いっせん》した僧形の錫杖がはね返したばかりか、六尺棒は捕方の手を離れ宙に舞ったのだ。とっさの防御は、僧形ながら相当な手練《てだ》れというほかはない。うしろを歩いていた竜泉が止める暇《いとま》もなかった。往来人はざわめき、さらに野次馬が集まりはじめた。

後を追って来たもう一人の捕方が、

「おおおっ」

思わぬ僧侶の反撃にたじろいだ。

さらにその捕方二人を追うように、地味な着ながしに黒羽織《くろばおり》を着け雪駄《せった》を履《は》いた役人が街道に走り出て来た。打込み装束《しょうぞく》ではないところから、定町廻《じょうまちまわ》りの同心が市中見廻りのなかにたまたま何事かを見つけ捕らえようとした場面であることを、手練れの僧形は瞬時に看《み》て取った。

奉行所の定町廻り同心が市中見廻りに、鉢巻にたすき掛けの捕方をともなうなど、以前はなかったことである。法度《はっと》に背《そむ》くか抗《あらが》う者への即応性を強化した、昨今の措置《そち》と思われる。

それにしても捕方の六尺棒を打ち返すなど、お上《かみ》を畏《おそ》れぬ不敵な所業といわざるを得ない。だが、僧侶は寺社奉行支配であり、町方《まちかた》がおいそれと縄を打つことはできない。しかも相手は、相当な手練れなのだ。

野次馬が二重三重になっている。通りかかった行商人もおれば、近辺のお店《たな》の奉公人もいる。羽織袴《はおりはかま》で挟箱持《はさみばこもち》の中間《ちゅうげん》を従えた武士もおれば、着ながしに大小を帯び、深編笠《ふかあみがさ》で顔を隠している武士もいた。深編笠の武士は中間ではなく、職人風の男を供に従えている。

「むむむむっ」

と、衆目《しゅうもく》のなかで同心は退《ひ》くに退けない。

「御坊《ごぼう》、邪魔立てては困りますぞっ」

言うと同時に、

「それっ。その女、取り押さえよ！」

「おうっ」

さきほどたじろいだもう一人の捕方が、六尺棒で女に打ちかかった。女は僧形の裾《すそ》に隠れるようにうずくまっている。同心も朱房《しゅふさ》の十手《じって》を前面に突き出し、僧形の錫杖はそのほうに向けられた。

背後の竜泉がようやく叫んだ。

「自重《じちょう》されよっ。お役人も退《ひ》きなされ！」

〝自重〟の言葉が効いたか、

「むむっ」

構えた僧形の錫杖にためらいが生じた。

「危ないっ」

野次馬から声が飛んだ。身構えた捕方の六尺棒が、うずくまる若い女に振り下ろされたのだ。

刹那、

「きゃーっ」

ふたたび野次馬から悲鳴が上がるのと同時に、

「うわっ」

捕方が前のめりになり、女を打ち損じた六尺棒が地を打った。野次馬の中から飛び出した町人姿の男が捕方に背後から体当たりしたのだ。若者のようだった。

「おぉおっ。ようやりなすった」

「さあ、娘さん。この奥へ早《はよ》う逃げなせえっ」

野次馬の輪がどっと縮まり、西手の枝道へ女の背を数人が押した。

「おおぉぅ」

と、他の野次馬たちは心得たように、その方向に道を開けた。

若い女の動作は速かった。

「あり、ありがとうござりますっ」

裾を乱し、野次馬たちの開けた道に走り込んだ。女は役人に追われていたときから、その方向へ逃げ込もうとしていたようだ。

同心の十手は女を追うよりも、

「手向《てむ》うたなっ、この悪党！」

「へん、どっちが悪党でえ。見てたぜ。罪もねえ女を打ち据《す》えようたあ、おめえさんらのほうこそ悪党よ」

「なにいっ」

若い男は喰《く》ってかかり、同心はいきり立ち、野次馬たちからまた声が飛ぶ。

「若《わけ》えの、早う逃げなされっ」

「さあ、早う。おなじほうへ！」

さきほど女の走り込んだ西手への道が、また開けられた。

町場の諍《いさか》いとみたのだろうか、職人姿を従えた武士はその場を離れた。

だが、その深編笠の武士は、遠ざかることもなければ近寄ることもなく、うまく間合いを取って事態を見つめていた。僧形の見事な棒さばきに感心したのか、
笠の前を手で上げ、

（はて、あの御仁《ごじん》……？）

首をかしげた。

前を下げ、

（まさか、そんなはずは……!?）

そうした風情《ふぜい》で、また首をひねった。もちろん深編笠であれば、周囲でそれに気づく者はいなかった。

二

なおも事態は動いている。

「すまねえ。恩に着るぜ」

体当たりの男が開けられた道へ飛びこむなり、町衆《まちしゆう》は申し合わせたようにその道を人波で塞《ふさ》いだ。

「むむむっ」

同心と捕方二人は、野次馬たちに取り巻かれるかたちになっただけではない。

「お坊さん、偉《えれ》えぜ」

「さあ、御坊たちも早《はよ》う」

町衆が僧形二人を人波で包みこみ、そのまま西手の枝道へと移動した。

この事態に同心は、

「むむむっ」

歯ぎしりはするが、深追いはしなかった。捕方二人も、ただ茫然《ぼうぜん》としている。

僧形二人を押し包んだ人の群れはそのまま枝道を進み、裏通りであろうか、おもての街道と並行している通りに出た。街道に沿った浜松町の裏手になる。その方向に逃げこんだ若い女と、捕方に体当たりをした男は、いずれに消えたか姿はもう見えない。

二人の僧を押し包んで裏通りまでいざなった、野次馬というより町の衆は、

「ここまで来りゃあ、もう大丈夫でさあ」

「向こう側に行きゃあ、役人に追い立てられる心配《しんぺえ》はありやせんから」

などと言い、裏通りのさらに西手一帯に広がる町場を手で示した。裏通りといっても、大八車がすれ違えるほどの広さはある。

手練れの僧形はなおも饅頭笠を深くかぶったまま、それら町衆に無言のうなずきを示し、

「参りましょうぞ」

竜泉をうながし、裏通りを越えた町場に歩を入れた。

六尺棒を錫杖ではね返した僧に興味を持ったか、饅頭笠の中をのぞきこもうとする者もいる。だが僧形は笠の前を引き、誰にも顔を見せることはなかった。

さきほど街道で見つめていた深編笠の武士も町衆のあとにつづき、いくらか離れた角から、一部始終を確認するように見守っていた。

その視界のなかで、竜泉は手練れの僧形にうながされるまま、

「うむ」

うなずき、街道に歩を進めていたときのように、うしろにつづいた。

数歩進んでから竜泉は饅頭笠のままふり返り、笠の前をすこし上げた。町衆はすでに散っていた。通りは人も家もまるで何事もなかったように、町衆の言ったとおり、役人が深追いして来る気配はなかった。その竜泉の視界に、深編笠についていた職人風の男がいたが、町の風情に溶け込むように歩を取っており、奇異なものはなにも感じなかった。

竜泉は手練れの僧形のうしろに歩を踏みながら、

（…………？）

お江戸のどまん中で、狐《きつね》につままれたような思いになっていた。おもての街道も、騒ぎなどなかったように、人も大八車や荷馬も普段の動きに戻っていることだろう。いま歩を進めている町場も、入って来た二人の僧形をなにごともなく自然に受け入れている。

（それにしても）

さきほどの町衆は誰に差配されるわけでもなく、まるで申し合わせたように動

いていた。

いま歩を踏んでいる町場は、幅の広い往還もあるが、脇に入れば細い路地が複雑に入り組んでいるのが特徴のように思われる。

いくらか幅のある脇道に歩を踏みながら、手練れの僧形が饅頭笠のままふり返り、

「和尚、安堵《あんど》なされよ。さきほどはそれがしも驚きもうしたが、この一帯はもう増上寺の門前町《もんぜんまち》でござるよ」

「ほっ、そういうことか」

竜泉は疑問の一端を解いた。

かつて寺社の門前に形成された町場は、境内《けいだい》のつづきと見なされ寺社奉行が管《かん》掌《しょう》し、町奉行所の手は及ばなかった。だが寺社奉行は大名家が数年の任期で就《つ》く役職であり、町奉行所のように専従者も犯罪探索の組織もなく、経験も即応性もなかった。

町奉行所の役人に追われた科人《とがにん》などが、そうした寺社の門前町に逃げこめば、捕縛《ほばく》されることも詮索《せんさく》されることもなかったのだ。だから自然、門前町にはお尋ね者や無宿者《むしゅくもの》がながれ込み、法度《はっと》に触《ふ》れる飲食の店などが立ち並び、嫖客《ひょうかく》たち

にとっては歓楽の地ともなっていた。

だからといって、門前町が無法地帯となったわけではない。店頭《たながしら》というのが自然発生的に出現し、町を仕切った。いわゆる住人から見ケメ料《みかじめりよう》を取り、町の治安に責任を負ったのだ。店頭の一家は縄張内《しまうち》の事件には迅速に動き、寺社奉行などその処理能力には敵《かな》わなかった。

そのように店頭とは、縄張内に入った無宿者やお尋ね者まで保護し押さえ込むのだから、相当な力量と度胸を必要とする稼業といえた。

さすがに幕府は江戸のあちこちに、お上のご威光の及ばない土地《ところ》があるなどまずいと判断し、寺社奉行の管掌は山門や鳥居《とりい》の内側までとし、門前に形成された町場を機動力も経験もある町奉行所支配に移行した。延享《えんきよう》二年（一七四五）のことである。

だが、長年にわたりその土地に沁《し》みついた慣習は、一片の法度や定町廻り同心の見まわりで覆《くつがえ》せるものではない。そればかりか町奉行所の役人と店頭一家が対峙《たいじ》すれば、住人は店頭一家の目となり耳となり、奉行所の役人は門前町へかえって入りづらくなった。お上という敵ができたことにより、店頭による町の仕切りは逆に強まり、住人たちもまたそれを是《ぜ》としたのだ。

浜松町の街道で手練れの僧形が捕方の六尺棒をはね返し、増上寺の門前町に安堵を得たのは、その土地の支配が寺社奉行から町奉行所に移されてから九十七年も経ている。町方が門前町に手をつけられなかった名残《なごり》が逆に強化され、現在に根付いていたのだ。町奉行所にとっては最も厄介《やっかい》で、目障《めざわ》りな存在である。

このとき浜松町の街道で、お上に抗《あらが》う者をきわめて自然に増上寺の門前町にいざなったのは、たまたま通りかかった往来人や浜松町の住人たちで、店頭の手の者たちではない。

そこに手練れの僧形も舌を巻いたのだ。

(町衆はあのように、だれ言うとなく一体となる。お上は町場のすべてを敵にまわしてしまったのではないか……)

思えてくる。この手練れの僧形に不安があるとすれば、むしろそのほうに対してかもしれない。

その門前町に歩を踏みながら竜泉は、

「さて、このあといかがいたす。思わぬ道草を喰ってしもうたが、そろそろ街道に戻ってもよいのではないか」

前を行く手練れの僧形に声をかけた。

手練れの僧形が、

（ふむ）

と、ふり返ろうとしたとき、

「おやおや、旅の坊さんかね。こんな土地に珍しい。休んで行きなさらんか。坊さんからお代などいただきやせんぜ」

脇から声をかけてきた者がいた。往還にまで縁台を出した、煮売酒屋《にうりざかや》のおやじだった。

「ほおう。昼間から酒は飲めぬが、お茶を一杯所望《しょもう》しようか」

手練れの僧形はふり返って笠の前を上げ、竜泉をうながすように縁台に腰を下ろした。もしもこのとき、手練れの僧形が遠くにまで視線を投げていたなら、職人風の男が視界に入り、

（……ん？　あれは）

と、感じるものがあったかもしれない。職人風の男は、深編笠の武士に言われ、僧形二人のあとを尾《つ》けていたのだ。

「お茶だけなら」

竜泉は応じ、

「江戸へ入った早々、なにやら世俗の波をもろに浴びてしもうたようじゃ。ともかく早《はよ》う深川の浄心寺《じょうしんじ》へ」

目的地を口にし、腰を下ろした。竜泉にすれば世事《せじ》に係《かか》り合《あ》うことなく、すんなりと深川の浄心寺に入りたいところなのだ。

煮売酒屋のおやじが奥から、

「このお茶はお布施《ふせ》のつもりじゃで、遠慮のう。さあ、笠など取りなされて」

言いながら二人分の湯飲みを盆に載せて出て来た。

「いや。仔細《しさい》はござらぬが、托鉢中ゆえのう」

手練れの僧形は返し、饅頭笠をかぶったまま湯飲みに手を伸ばし、竜泉もそれに合わせた。

三

お茶を飲みはじめてすぐだった。

通りの奥のほうから二つの饅頭笠を見つけたか、

「あぁ、まだいてくだされた」

若い女が煮売酒屋の縁台に駈け寄って来た。

「おっ、そなたは」

手練れの僧形が笠の前を上げた。さきほど街道で助けた女だった。もの言いが明瞭《めいりよう》で、動作も機敏そうだったのですぐにわかった。あらためて見ると、目鼻立ちの整った、十八、九の愛らしい娘だ。

娘は息をはずませ縁台の前に立つと、

「よござんした、間違いない。お坊さまがお二人、浜松町からこちらへ入りなされたと知らせてくれる者がいまして、もしやと思い走って来たのです。この町を仕切っていなさる人に事情《わけ》を話すと、ひとことお礼が言いたいから是非お連れしろ、と。さあ、お座敷も用意してございますゆえ」

〝この町を仕切っていなさる人〟とは、増上寺門前の店頭であろう。托鉢の僧が二人、そのようなところにわらじを脱ぐわけにはいかない。ましてお座敷などと……。竜泉が座ったまま笠の前を上げ、

「さっきは危なかったのう。拙僧《せつそう》らは旅の途中でなあ。とりあえずここで一服《いつぷく》つけ、すぐに発《た》たねばならぬゆえ」

「えええ、すぐにでございますか。あたし、まだお礼も述べておりませんし」

「これ、娘御。無理を言うでない。ただでさえ道草を喰うてしもうたゆえのう」

手練れの僧形まで言ったのでは、娘は引き下がらざるを得ない。

だが、

「ならば、すこしだけお待ちくだされ。店頭をここへ呼んでまいります。お相手がお坊さまなら、きっと来ましょうから」

娘はすでにそう決めたように言うと、

「おじさん、それまでお願いね」

煮売酒屋のおやじにも言い、きびすをくるりと返すなり、もと来た道へ走り去った。僧形の二人は笠の前を上げ、苦笑を交わした。互いに還暦に近い風格をあらわす面相がそこにある。二人は否《いな》やもなく、待たざるを得ない雰囲気にされてしまったのだ。

しかも待つ相手は、やはりというべきか店頭だった。多くの無頼《ぶらい》どもを束《たば》ね、役人よりも迅速さを備えた集団の親分なのだ。

そのような店頭が裏通りの煮売酒屋に来るなど、滅多《めった》にないことだろう。おやじは驚いたように言う。

「布袋《ほてい》の鋭吾郎《えいごろう》親分が、ここへ来なさる⁉　お坊さま方、さっきは危なかったなどと、いってえなにがありやしたので?」

「町衆のおかげで、うまく収まったがのう……」

と、竜泉が縁台の横に立つおやじに、さきほどの街道でのようすを語った。

おやじは、

「さようですかい。それでお坊さま方、おもての衆に守られて門前《こっち》の町場へ。それはようござんした」

と、安堵したように返す。役人に追われた者が町衆に助けられ、門前町に逃げ込んで来るのはときおりあるようだ。だが、役人に手向《てむ》かったのが僧侶というのは、稀有《けう》なことらしい。

「そりゃあ布袋の親分さんも驚きなさんして、きっとお礼を言いに来なさらあ。増上寺《ここ》の坊さん方ときた日にゃ、軒下《のきした》を貸してやってんだって感じで、わしらこの町の者にはなあんもしてくれやせんからねえ」

訊《き》けば鋭吾郎が本名で、〝布袋〟は通称らしい。

「へへへ、見かけがそうなんだもんで。まあ、そんなお人でさあ」

と、その店頭の評判はいいようだ。

手練れの僧形が訊いた。

「ご亭主は、さきほどの娘を知っているようだが、よく役人に追われるのかね。なにをしたかは知らぬが、法度《はっと》に背《そむ》くような顔には見えぬが」

もちろん竜泉も多少の興味はあろう。だがそれよりも、気が気でなかった。この手練れの僧形が道中で俗世《ぞくぜ》の波をかぶることなく、早々に深川の浄心寺へ入ることを願っているのだ。竜泉が手練れの僧形に同行しているのは、それを見とどけるためでもある。

だが煮売酒屋のおやじは、よくぞ訊いてくれたとばかりに語りはじめた。

「なんとも非道《ひで》えお人が、南町奉行に就きなされたもので。それからは連日のように江戸のあちこちで捕物騒ぎでさあ。さっきのは嶌田屋琴太郎《しまだやことたろう》という、て、娘《むすめ》義太夫《ぎだゆう》の姐《ねえ》さんでやして」

「女が琴太郎？」

手練れの僧形は解したが、竜泉は問い返した。

「やはりお坊さん方、世事《せじ》には疎《うと》いようでござんすねえ」

辛辣《しんらつ》な言葉だ。

「お寺さんにゃ縁遠い話でやしょうが……」

おやじは笑いながら、話しはじめた。

媚《こ》びを売りものにする女稼業はご法度になっている。そこでお上の目をくらますため、おもて向きは男名にした。それがかえって嫖客《ひょうかく》たちに喜ばれ、芝居や浪花節《なにわぶし》語りなどの女芸人までが倣《なら》いはじめたのだ。

そこまでは普段の口調で話していたが、

「こんなこと、許されやすかい」

不意に熱気を帯びた。聞き手が世俗を離れた僧侶だから、おやじは安堵し遠慮なく話すのだろう。

現在《いま》は閣老《かくろう》の水野忠邦《みずのただくに》による天保《てんぽう》の改革が、容赦《ようしゃ》なく進められている最中である。南町奉行が〝非道えお人〟というのは、手練れの僧形には大いに気になるところだったが、おやじの口調に熱気がこもっていたので、ともかく竜泉とともに聞き役に徹した。

改革は度を越していた。徹底した倹約令が日ごとに昂《こう》じ、派手な着物の女はそれだけでお咎《とが》めを受け、旦那衆は凝《こ》った煙管《きせる》や煙草《たばこ》入れを持っているだけで自身番に引かれ、色茶屋や寄席《よせ》はつぎつぎと取り壊されている。寄席や芝居などは庶民の娯楽の中心であり、かつて小体《こてい》な寄席なら湯屋《ゆや》のように、各町内に一軒はあったものだ。それが〝奢侈《しゃし》〟としてご法度になった。とくに女芸人は〝淫靡《いんび》をともなう〟などとして、厳しい取り締まりの対象となった。

なかでも娘義太夫は名のとおり、十五、六歳から二十二、三歳のいわゆる女盛《ざか》りの者が多く、それだけで〝淫靡〟と烙印《らくいん》を押され、集中的な取締りの対象にされてしまったのだ。

あるとき娘義太夫だけを標的にした府内一斉打込みがあった。そのときたまたま増上寺門前のお座敷に出ていた蔦田屋琴太郎は、その場所柄により難を逃れた。ちなみに琴太郎は、今年十八歳だという。

「それ以来、琴太郎はこの門前町をねぐらにしやしてね。へへ、町内《ここ》にゃそんなのがいっぺえいやして、布袋の親分さんが面倒をみていなさるので」

煮売酒屋のおやじは自慢げに言う。

「きょうの騒ぎですかい。それならまあ、好事家《こうずか》はどこにでもいるもので、大店《おおだな》の旦那衆がお上の鼻を明かしてやろうってんで、町場のお座敷に旅芸人や娘義太夫を呼んで、以前とおなじ演目を演じさせてるって話はよく聞きまさあ。琴太郎も呼ばれて町娘の形《なり》をして出張り、お座敷で着替えて舞台に立っていまさあ。きょうはたまたま浜松町でそれがあり、密告《さ》す者がいて役人に踏込まれ、逃げ出したところをお坊さん方に助けられたって寸法じゃござんせんかねえ」

琴太郎は、舞台用の派手な袴《はかま》など着けておらず、地味な着物でまったく町娘のようすを扮《こしら》えていた。おそらくこのおやじの話のとおりだろう。

「ま、お上の目をかすめようとした旦那衆や、お座敷を貸した料亭は、けっこうなお咎《とが》めを受けるでやしょうが。琴太郎だけでも素早く逃げて来られたのは不幸中の幸いでやした。この町の者として、あっしからも礼を言いまさあ」

「なんともお江戸は物騒な反面、便利な町場もあったものじゃのう」

つい聞き入っていた竜泉が、ため息とも安堵ともつかぬ息をし、手練れの僧形が、さきほどから気になっていたことを訊こうとしたところへ、

「お坊さまーっ、よござんしたぁ。待っていてくださって」

琴太郎の弾《はず》んだ声が聞こえた。

二つの饅頭笠が声の方に向き、笠の前をすこし上げた。ひと目でわかった。琴太郎を先頭に、七福神の布袋を思わせる容貌《ようぼう》の男、店頭の鋭吾郎だ。背後に機敏そうな若い衆を二人、従えている。

「これはどうも。ここじゃなんでさあ。中へ、ささ」

と、煮売酒屋のおやじが揉み手をしながら腰を折った。

煮売酒屋とは酒屋であったのが、店先でちょいと一杯引っかけて帰る客がけっ

こういるものだから、要望に応《こた》えて簡単な煮物を出すようになった店のことである。居酒屋ではないが、縁台は往還だけでなく、間口の広いところでは店の中にも置いている。いまいる煮売酒屋もそれだった。

布袋の鋭吾郎が来たことに竜泉は、手練れの僧形がますます世事に関心を持たぬかと懸念を深め、

「いやいや、ご亭主。それには及ばぬ。拙僧らはこれから行かねばならぬ所があるゆえ」

と、帰り支度《じたく》のつもりで縁台から腰を上げた。

手練れの僧形もそれに従ったが、酒屋のおやじの話から、町奉行所が最も厄介《やっかい》視《し》する門前町にいっそう興味を持ったか、瞬時だが笠の前を上げ布袋の鋭吾郎の顔を確認した。なるほど四十がらみで髷《まげ》は整っているものの、体形だけでなく面相も柔和《にゅうわ》な感じだった。だが、眼光にはさすがに店頭を張るだけあって鋭いものを感じた。

それに従っている二人は、いかにも喧嘩《けんか》慣れしたすばしっこそうな若い衆だ。ちらと見ただけでそこまで見抜く眼力を、手練れの僧形は備えている。ともかく棒術と機敏な動作だけでなく、ただの僧ではない。

鋭吾郎も値踏《ねぶ》みのつもりか、それともどちらが棒術を使った僧か見定めようとしているのか、二つの笠の中を窺《うかが》うように言った。

「それは残念なこと。引き止めはいたしやせん。ただ、琴太郎が急ぎ帰《けえ》って来るなり、見事な棒術を使いなさるお坊さんに助けられたと言うもんで、ひとことお礼をと思いやして」

手練れの僧形は返した。煮売酒屋の前での立ち話のかたちになっている。

「それは痛み入るが、なあに、たまたま通りかかり、衆生《しゆじよう》のお布施《ふせ》へのお返しにと思い、ちょいと錫杖を動かしただけのこと。それよりもあのとき、飛び出して捕方に体当たりした若い者《の》は、お手前の身内の者かのう」

街道で捕方に体当たりした若者は、いま布袋の鋭吾郎に従っている二人のいずれでもなかった。

「あ、あの人。まったく知らぬ人でございます。だからいっそう、ひとことお礼を言わねばと思っているのですが」

琴太郎が応《こた》えた。

手練れの僧形はあの体当たりの若者に、以前どこかで会ったような気がしていたのだ。だが、いつ、どこで……、思い出せなかった。

布袋の鋭吾郎が、その若者の話題をつなぐかたちで、

「わしも琴太郎から聞きやしたが、身内の者じゃありやせん。このご時世でさあ。そうした若者はどこにでもいまさあ。ともかく浜松町のお人らの手引きで、この町に逃げこんでくれたのはよござんした」

饅頭笠で顔は見えないものの、視線は手練れの僧形に向けられている。

饅頭笠の中から応えた。

「ほう。こうした厄介な町場が、いまではお上に抗《あらが》う者の骨休めの場になっていると申すか」

「へへ、〝厄介な〟たあずいぶんな言いようでござんすが、いまじゃ江戸中のお人らから重宝《ちょうほう》されていまさあ、わしらの町は」

横合いから言ったのは、煮売酒屋のおやじだった。

「そういうご時世になったということか。わしらもこの町に助けられたようなものじゃのう。ところで……」

手練れの僧形がさらに鋭吾郎へ問いを入れた。

「さきほど、ここのご亭主が南町奉行は非道なお人じゃと申しておったが……」

これが手練れの僧形には、体当たりの若者以上に気になっていたのだ。

（まずい！）

竜泉は感じ、

「さあ、もうこのくらいでよかろう。早《はよ》う参らねば」

うながしたばかりでなく、手練れの僧形の袖《そで》を強く引いた。

布袋の鋭吾郎は応えた。

「お旗本の鳥居《とりい》耀蔵《ようぞう》さまとおっしゃいやして」

「妖怪《ようかい》とみんな言っておりまする」

蔦田屋琴太郎が明瞭な口調でつづけた。

竜泉は声には出さなかったが饅頭笠の中で、

（いかん）

念じ、

「さあ、参ろうぞ」

再度、袖を引いた。

手練れの僧形は従わざるを得なかった。

だが、〝鳥居耀蔵〟の名が鋭吾郎の口から出た刹那、

「ううっ」

全身の血が逆流するのを覚えた。その場で感情を抑《おさ》えられたのは、やはり還暦近くを思わせる年の功か。

陽はすでに西の空に大きくかたむいている。

二人は東海道に戻り、粛々《しゅくしゅく》と日本橋《にほんばし》方向に歩を速めた。

その二つの饅頭笠の中に渦巻いているものは、まったく異なった。

増上寺門前と浜松町の境の往還まで見送りに出た蔦田屋琴太郎が、

「――お坊さまーっ、またお会いいたしとうございまするーっ」

伸びをして手を振った声は、手練れの僧形には快《こころよ》いものがあった。

一方の竜泉は、

(江戸に入った早々、さきが思いやられるぞ)

急ぐ一歩一歩に、その思いを強めていた。相方《あいかた》が江戸で騒ぎに係り合い、町場の生《なま》の声を耳にするのを、竜泉は最も恐れていたのだ。

二人の足は繁華な日本橋を越え、さらに大川《おおかわ》(隅田川《すみだがわ》)の両国橋《りょうごくばし》にかかった。渡れば本所《ほんじょ》深川であり、浄心寺は近い。二人は日の入り間近の長い影を、橋板に落とした。

「そなた」

竜泉は数歩前を行く僧形に声をかけた。

手練れの僧形は、さきほどから竜泉の思いを背に感じていたか、無言で歩をゆるめた。その背に竜泉は言った。

「そなたが浄心寺に入るは、衆生済度《しゅじょうさいど》に似たものであることを、ゆめゆめ違《たが》えてはなりませぬぞ」

諸人《もろびと》が菩薩《ぼさつ》に救われ、煩悩《ぼんのう》を払って彼岸《ひがん》（あの世）へ導かれる……。それとなじようなことだ……と、竜泉は言っているのだ。

手練れの僧形はわずかにふり返り、

「心得ておりもうす」

低い声で言うと、

「さあ、あとひと息」

あらためて足を速め、竜泉はつづいた。

四

大川の東岸を下流方向の南に進み、新大橋《しんおおはし》を経てから川の流れと離れる東方向へ折れ、いくらか歩を進めたところに浄心寺の重厚な山門が見える。土地《ところ》は本所の南手になる深川である。

浄土宗の霊巌寺《れいげんじ》と背中合わせで、共に広大な寺域を持ち、町場をすこし南に行けば、さらに広大な真言宗の永代寺《えいたいじ》と富岡八幡宮《とみがおかはちまんぐう》が肩をならべ、そこには芝の増上寺に勝《まさ》る門前町が広がっている。

ちなみに新大橋のつぎの下流の橋になる永代橋の先は、すでに江戸湾で潮風が吹いている。

浄心寺は江戸での身延山《みのぶさん》弘通《ぐずう》（布教）所《しょ》といわれ、将軍家より十万石の格式を許された日蓮宗屈指《くっし》の名刹《めいさつ》である。竜泉が手練れの僧形の道案内で江戸深川の地を踏み、

「ほぉう、さすがはお江戸での本山《ほんざん》じゃわい」

と、浄心寺の前に立ち、重厚な山門を見上げたのは、ちょうど陽の落ちようと

しているときだった。

「さあ、和尚。住持《じゅうじ》の日舜《にっしゅん》どのがお待ちでありましょう」

と、手練れの僧形が勝手知った寺のように先に立って境内に入り、饅頭笠のまま寺男《てらおとこ》に、

「これ、お住《じゅう》に伝えよ。伊勢は桑名の斎量寺《さいりょうじ》より竜泉どのが、いま山門をくぐりもうした、と」

「へ、へえっ」

寺男は驚いたように返し、

「し、しばらくお待ちを」

近いうちに遠国《おんごく》より大事な客の来ることを知らされていたのだろう。言うなり広い境内を本堂のほうに走って行った。

近日中の訪れを、竜泉は日舜に知らせていた。それを日舜がきょうかあすかと待っていたことが、いまの寺男の所作からもわかる。竜泉は山門をくぐったときから、ホッとしたように饅頭笠を取り、錫杖と一緒に手に持っている。手練れの僧形はまだかぶったままである。寺男は訪《おとな》いを入れた僧形が誰であるか、笠の上からでは見分けられなかったようだ。

夕の勤行《ごんぎょう》に入ろうとしていたときだった。住持の日舜は、寺僧《じそう》をとおして竜泉の到着を知るなり、

「どこじゃ、どこにお出《い》でか！」

ここ数日、ずっと待っていたのであろう。言いながら本堂から境内に駈け下りて来た。

竜泉は江戸の地を踏むのはこれが初めてだが、浄心寺の日舜とは二十年ぶりである。日蓮宗総本山の甲州《こうしゅう》身延山久遠寺《くおんじ》での数年にわたる修行のとき、荒行《あらぎょう》を共にした間柄なのだ。

錫杖と笠を手に境内にたたずむ竜泉を見つけると、

「おおぉぉぉ。竜泉どのじゃ、竜泉どのじゃ。二十年一日《いちじつ》の如《ごと》し。変わっておりませぬなあ」

と、駈け寄って来る。

竜泉も歩み出て、

「おおう、おおう。日舜どのこそ、昔のままじゃ。息災《そくさい》でなにより、なにより」

言いながら二人は再会を確かめるように手を取り合った。

その瞬間が過ぎると、日舜は竜泉の背後でまだ笠をかぶったまま立っている僧

形に気づき、

「おうおう、こちらでござるか。文《ふみ》に、思いも寄らぬ仁をお連れもうすと認《したた》められてあったが。さて、どなたかのう」

もう一人の僧形が、いまだ笠を取らないのを訝《いぶか》るように言い、中をのぞきこむ仕草を見せた。

手練れの僧形はそれを避けるように一歩退き、

「ここでは、ちと憚《はばか》られもうす。衆目《しゅうもく》のなき所にて」

と、笠の前をさらに引き下げた。境内にはまだ参詣《さんけい》や墓参りの人影がある。

しかし日舜は、

「……ん？」

その声に感じるものがあったのか、

「したが、まさか⁉」

疑念と驚きの混じった声を洩らし、さらに笠の中をのぞきこんだ。

「これには仔細がありもうしてなあ」

竜泉が横合いから言い、

「文で明かすことができなんだはこのことにて、こたび江戸に出て参ったのも極秘なれば……」

「なれど……、うむむ」

日舜はなおも呻《うめ》き声を洩らし、

「ともかく、ともかく庫裡《くり》へ。旅の疲れもおありじゃろ」

庫裡のほうを手で指し示した。僧侶の居住する別棟の建物である。寺の者か、とくに招かれた客以外、入れぬ空間である。

その玄関に一歩入るなり、日舜は待ち切れないようすで、

「さあ。笠を、笠を取られよ」

「ふむ」

手練れの僧形はうなずき、

「お住《じゅう》、お久しゅうござる。きょうのこの日が来るなど、思いもよりませなんだぞ」

言いながら笠を取った。

「おお。おおぉぉっ!!　なれど、こ、これは、如何《いか》なることか!?」

さすがに修行を積んだ、竜泉とおなじ還暦の僧といえど驚愕《きょうがく》の声を上げ、確かめるように両手で僧形の肩を押さえ、さらに両腕をさするようにつかみ、

「ふむ、ふむふむ。紛《まぎ》れものう、血の通うた、前《さき》の南町奉行、矢部定謙《やべさだのり》どのじゃ。幽霊でも、亡霊でもないぞ」

途切れ途切れに言い、定謙の精悍《せいかん》な顔を見つめた。

その視線に定謙は、

「お住、まっこと久しゅうござる。桑名の竜泉どののおかげにて、三途《さんず》の川から引き返して来もうしたわい」

「それにしても、いったい⁉」

と、しばし庫裡の三和土《たたき》で立ち話になった。

日舜はいましがた〝旅の疲れも……〟と言ったばかりなのに、二人を奥にいざなうのも忘れ、

「受《う》け容《い》れようぞ。そなたが彼岸《ひがん》でのうて、現世《げんぜ》に在《おわ》すことをのう。したが、それゆえに見せておきたいものがある。来られよ」

庫裡の玄関からふたたび境内に出て、寺域の奥に向かった。

「いずれへ」

「来ればわかる」

定謙が問いを入れたのへ、日舜はふり返りもせず応《こた》え、広い境内の奥に歩を進

めた。竜泉も首をかしげながらあとにつづいた。陽はすでに落ち、境内には参詣人も墓参りの人影もなくなっている。

定謙には勝手知った浄心寺の境内で、日舜が自分をいずれにいざなおうとしているのかすぐにわかった。

浄心寺には、高禄《こうろく》の旗本《はたもと》である矢部家代々の墓がある。なかでも定謙は堺《さかい》奉行、大坂《おおさか》奉行、勘定《かんじょう》奉行などを務《つと》めた能吏《のうり》で、浄心寺にとっては最も頼りになる檀家であった。その定謙を、日舜はいま矢部家の先祖代々の墓前にいざなおうとしている。そのことは、竜泉にも想像がついた。

はたして、そうであった。墓石の背面に〝俗名　定謙〟と慥《しか》と刻まれ、〝天保十三年七月二十四日没　享年五十四〟とある。現在《いま》は天保十三年（一八四二）でも冬場の神無月（十月）である。三月《みつき》まえに矢部定謙は没したことになっている。新しい卒塔婆《そとば》には〝定謙大居士《だいこじ》〟の法号（戒名《かいみょう》）まで記《しる》されている。

その墓石と卒塔婆を見つめながら、

「ふむ、間違いござらぬ。確かにその日じゃった」

竜泉が言ったのへ日舜は、

「そのことを報《しら》せてくれる者がおりましてなあ。聞けば、桑名藩預かりと同時に断食行《だんじきぎょう》に入り、壮絶な自裁《じさい》を遂げられた……と。拙僧は憤怒《ふんぬ》と涙をこらえて沐浴《もくよく》し、そなたの法号を考えみずから卒塔婆に筆をとったものじゃった。さいわいと言ってはなんじゃが、お子はおられず、奥方は実家に戻られた。さあ、そなたに見せたいものは、これだけではござらぬ。来られよ」

と、墓場の脇のほうに定謙と竜泉をいざなった。

「まだなにかござるのか」

定謙が訊いたのへ、竜泉も首をかしげた。

前《さき》の南町奉行・矢部定謙が任を解かれたうえ、罪人として預かり先の伊勢桑名藩で死去したことは、桑名藩からも幕府からも公表され、世間はそこになんらの疑いも持たなかった。現地に出張《でば》った公儀隠密《こうぎおんみつ》も、それを確認している。実際に定謙は、一度は死去したのだ。

だから日舜が〝見せておきたいものがある〟と境内の奥に向かったとき、定謙も竜泉もそれが〝定謙〟の名が刻まれた矢部家代々の墓であることには、察しがついた。

だが、日舜はさらに二人をその奥へ案内しようとする。これには定謙も竜泉も予測がつかなかった。

陽は落ちても、まだ地上に明るさは残っている。

「ほれ、そこじゃ」

と、日舜が足を止めたのは、整地された墓場を過ぎ、まだ灌木《かんぼく》の茂る寺域の隅《すみ》のほうだった。墓参りの者がここまで足を踏み入れることはない。その一画が切り拓《ひら》かれ、身をかがめねばくぐれぬほどの小さな鳥居《とりい》が立っている。それも朱色ではなく自然の木肌のままで、足場は踏み固められているものの、前を通っただけでは気づかぬほどである。

「ここじゃ」

と、日舜はその鳥居をくぐった。定謙も竜泉もつづいたが、ますます事情《わけ》がわからない。

鳥居の奥に、どの町にでもあるお稲荷《いなり》さんのような小さな祠《ほこら》が鎮座《ちんざ》していた。鳥居とおなじく、まだ建立《こんりゅう》されたばかりのようだ。

定謙も竜泉も首をかしげ、

「これは？」

「扁額《へんがく》が掛かっておるじゃろ。読んでみなされ」

定謙が問いを入れたのへ、日舜は返した。

見ると、

――荘照居成《そうしょういなり》
とある。

「……？」

定謙と竜泉があらためて首をかしげたのへ、

「荘照居成――、ここに居て荘内を照らす、という意味でのう」

日舜は語り、

「庄内藩《しょうない》ご家中のお人らが、人目を忍んでここに建立されたのじゃ。さように申さば、祭神《さいじん》がそなたでおざることは、もうおわかりじゃろ」

「ううっ」

定謙は絶句し、

「ふむ。ふむむ」

竜泉も解したようにうなずいた。

「さあ。定謙どの、竜泉どの。つぎはそなたらの番じゃ。桑名でいったいなにがあり、いかにして今日の仕儀になりましたのじゃ」

言いながら、墓場からもとの境内に返した。

もう、かなり暗くなっている。

「お住さま、お客人の方々。庫裡にお帰りなさるか。そろそろ足元が危《あぶ》のうございます」

さきほどの寺男が、提灯《ちょうちん》を手に駈け寄って来た。

五

水野忠邦の天保の改革には、ほとんどにおいて行き過ぎたものがあった。過度な奢侈《しゃし》禁止令や、こじつけと思われる風紀の取締り、さらに江戸市中での無宿者を容赦なく捕らえて国許《くにもと》に追い返す人返《ひとがえ》し令など……。

なかでも世を最も震撼《しんかん》させたものに、上知令《あげちれい》というのがあった。関八州《かんはっしゅう》の大名家の領地替えを断行し、江戸周辺をすべて幕府の天領《てんりょう》にするというものである。実施されれば、影響は関八州にとどまらない。周辺の大名たちも、つぎつぎと移動を命じられることになる。

それの目玉になるのが三方領地替《さんぽうりょうちが》えといって、十七万石の川越《かわごえ》藩を十四万石の庄内藩へ、十四万石の庄内藩を七万石の長岡《ながおか》藩へ、七万石の長岡藩をその石高《こくだか》のまま川越藩に転封《てんぽう》するというものだった。これによって江戸に近い武州《ぶしゅう》川越に、十万石の天領が誕生することになる。

誰が賛成しようか。この上知令には遠国《おんごく》の大名家までが反対した。転封による転封で、江戸から離れた地の大名家にもその影響が計り知れなくなるのだ。なかでも藩の存亡を賭けて反対したのが、十四万石から七万石に半減される庄内藩であった。藩のみならず、領民もこぞって反対に起《た》ち上がり、地方《じかた》三役の百姓衆が総代を江戸へ送り、将軍家に直訴《じきそ》することになり、決行寸前にまで進んだ。それほどまでに、庄内藩は領内に善政を敷いていたのだ。

領民による直訴は禁じ手であり、実行すれば磔刑《はりつけ》が待つ重罪である。

その訴人《そにん》らを実行直前に押さえ拘束《こうそく》したのが、このとき南町奉行であった矢部定謙だった。

定謙は掟法《じょうほう》どおり、有無《うむ》を言わせず訴人らを磔刑に処するようなことはしなかった。庄内藩の百姓衆らが死を賭《と》していたことに感銘し、与力を三藩に派遣し、三方領地替えの是非を再吟味した。得た結論は、

――三方領地替えの必要は認めず。実行すれば関係諸藩の混乱を招き、かえって幕府の権威を失墜させるのみ

具申するだけではなかった。そのための運動もおこない、ついには家慶《いえよし》将軍のお墨付きまで得て、三方領地替えを沙汰《さた》止みに追いこみ、上知令そのものを頓挫《とんざ》させた。忠邦が激怒するなかに、庄内藩は歓喜に包まれた。

改革の手足にならなければならない町奉行が、逆に改革へ異議を唱えるばかりか沙汰止みまで画策した。諸人《もろびと》の忠邦への怨嗟《えんさ》が高まると同時に、忠邦の定謙に対する怨念《おんねん》は高まった。

そこにうまく取り入ったのが、目付の鳥居耀蔵だった。幕府組織で目付の役務は、旗本の所業について正邪理非《せいじゃりひ》を吟味するところにある。町奉行も旗本であれば、当然その対象となる。そこに鳥居耀蔵は目付の地位を存分に活用した。

定謙のありもしない収賄《しゅうわい》、事実無根の不正な裁許《さいきょ》など、数々の罪状をでっち上げ、その捏造《ねつぞう》は定謙の大坂町奉行の時代にまで及んだ。

定謙の大坂町奉行の離任後発生した、大塩平八郎《おおしおへいはちろう》の乱の黒幕は矢部定謙だったというのだ。余人なら信じるはずはない。だが、水野忠邦は信じたというより、鳥居耀蔵の上申した吟味書状をことごとく採択し、定謙をお役御免にするとともに、罪人として家名断絶のうえ伊勢桑名藩に永《なが》のお預けとした。現在《いま》より六月《むつき》まえになる天保十三年弥生《やよい》（三月）のことである。

ここまでのことは日舜もつぶさに知っており、水野忠邦の政道を暗澹《あんたん》たる思いで見ていた。

「して、それから？」

真相は桑名藩の、しかも国おもてのごく一部が知るのみである。生きている矢部定謙をともない、一緒に江戸へ出て来た竜泉も当然その一人だ。庫裡の奥の一室で、日舜は身を乗り出した。

幕府からいきなり〝大罪人矢部定謙〟の預かりを命じられた桑名藩が、困惑したであろうことは想像に難《かた》くない。

江戸おもては八丁堀《はっちょうぼり》の桑名藩松平《まつだいら》家十一万石の上屋敷に、老中からの下知《げじ》が届いたとき、江戸藩邸の重役たちは狼狽《ろうばい》した。このとき桑名藩では、主君が先代の急死で家督を継いだばかりの定猷《さだみち》で、まだ八歳だった。当然ながら藩邸を仕切っていたのは、江戸家老筆頭の服部正綏《はっとりまさやす》だった。かつて神君家康《いえやす》公に仕《つか》えた伊賀《いが》忍者、服部半蔵《はんぞう》につながる家系の一人である。

服部正綏は困惑のなかに、国家老筆頭の吉岡左右介《よしおかそうすけ》に事の次第を報《しら》せた。ともに矢部定謙より十年ばかり若い、四十代後半の忠義の士である。

それが老中の下知であれば、吟味するというより、受けた時点ですでに選択の余地はなかった。左右介は困惑しながら、城中に幽閉の座敷牢を設《もう》けた。

罪人用の網が打たれた駕籠《かご》で、到着したその日からだった。左右介も竜泉も立ち会ってはいなかったが、定謙は罪人駕籠での長旅にもかかわらず、いたって元気で顔の表情は憤激《ふんげき》に満ちていたという。その表情のまま、断食行《だんじきぎょう》に入ったというのだ。それはもちろん、老中の水野忠邦と、目付の鳥居耀蔵に対する憎悪と抗議のためである。

みずから食を断って餓死するほど、過酷な自裁《じさい》方法はないといわれている。憤怒の怨念が、その行《ぎょう》の支えになっていたのであろう。城内の座敷牢に幽閉後、三月《みつき》にして行は終焉《しゅうえん》した。息絶えたのだ。その日が矢部定謙の命日とされた、天保十三年文月《ふみづき》（七月）二十四日である。

吉岡左右介は定謙を迎えたとき以上に狼狽し、ともかく江戸おもての服部正綏に事の顚末《てんまつ》を早馬《はやうま》で報せた。正綏はすぐさま閣老の忠邦にその旨《むね》を報せ、鳥居耀蔵にもそれは伝えられた。このときすでに、目付であった鳥居耀蔵は南町奉行に就いていた。鳥居は矢部定謙を陥《おとしい》れ、その後釜《あとがま》に座っていたのだ。

天保の改革は加速し、世間はますます逼塞《ひっそく》した。

庫裡の部屋には、すでに行灯《あんどん》の火が入っている。

「そのときでしたなあ。浄心寺《ここ》にも連絡がありましたのは」

日舜は感慨深げに言うと、淡い灯《あか》りのなかに定謙と竜泉の顔を交互に見た。

ここまでは広く知られていることでもあり、なんらの隠し事も嘘《うそ》もない。

「して、それがなにゆえ……？」

日舜はさきを急《せ》かせた。このあとのことが、いずれにもまったく伝わっていないのだ。

竜泉は定謙とうなずきを交わし、あの日からのことを語りはじめた。

幕府の〝大罪人〟であれば、

（城下はずれの小さな寺で、葬儀も小ぢんまりとかたちだけのものでよかろう）

国家老の吉岡左右介は判断し、

「よしなに」

と、定謙の遺体を入れた急ごしらえの棺桶《かんおけ》は、その日のうちに城下はずれの日蓮宗斎量寺に運ばれた。住持の竜泉と年老いた寺男の茂平《もへい》が住むだけの、城下はずれで村はずれの、ほんとうに小さな寺だった。城からの役人と荷運び人足《にんそく》は、棺桶を境内へ捨てるように投げ下ろすと、すぐに帰ってしまった。

仕方なく竜泉は、

「ともかく、ご遺体を湯灌《ゆかん》し、清めねばのう」

と、老いた茂平と合掌《がっしょう》し、本堂に運んだ。湯を用意し棺桶から出してふたたび合掌したときだった。

「お住！」

茂平が掠《かす》れた声を出した。竜泉はうなずいた。横たわる遺体から、かすかにうめき声が洩れたのだ。

竜泉は村人の病《やまい》や疲れを癒《いや》すため、鍼灸《しんきゅう》をよくした。心ノ臓が止まり血脈《けつみゃく》が停止しても、気の流れはまだ止まっていないことが、ときにはあることを竜泉は知っている。あるいはお城の侍医が、定謙の心ノ臓が極度に弱まり、脈の瞬時止まったのを、死と判断したのかもしれない。間違いではない。多くの場合、それを臨終《りんじゅう》というのだ。

定謙はすべてを諦《あきら》め、断食の行に入ったのではない。憤怒の情を示すための行だったのだ。

（ならば、……あり得る）

竜泉は判断し、ともかく身体のぬくもりを取り戻そうと、茂平と二人で懸命に全身を布でこすり、さらに心ノ臓につながる経絡《けいらく》の経穴《つぼ》に鍼《はり》を打ち続けた。経穴は全身の随所にある。

さらに、

「いくらか濃い目にのう」

と、茂平に気付け薬になる琵琶葉湯《びわようとう》を調合させた。琵琶の葉を甘茶で煎《せん》じたもので、濃くすれば夏場の暑気払いになる。

薄粥《うすがゆ》も用意した。

経絡の経穴で脇の下の極泉《きよくせん》に幾度目かの鍼を打ち、さらに鼻の下の人中《にんちゆう》にも打ったときだった。

「ううう」

ふたたび耳にしたうめき声は、竜泉でも茂平でもない。まぎれもなく定謙の口から洩れた声だった。蘇生《そせい》したのだ。桑名藩が幕府に報せた矢部定謙の命日が、蘇生の日ともなったのだった。

外はすでに薄暗くなっていた。

竜泉は迷ったが、翌朝早く城下に出向き、吉岡左右介に事の次第を話した。

左右介は仰天《ぎようてん》した。無理もない。誰よりも驚いているのは、蘇生させた竜泉自身なのだ。

左右介も迷った。江戸おもてに、きのうすでに早馬を発たせている。いまさら生きておりましたなどと、第二便を立てるわけにもいかない。かといって、報告に合わせるため、蘇生した者を秘かにまた葬《ほうむ》るなど、人倫《じんりん》に背《そむ》く。

竜泉はそっと、左右介に言った。

「別人として、寺で預かりましょう。そのうえで出家し、僧籍に入れば問題はありますまい」

左右介は容《い》れた。それ以外、方途はなかったのだ。

おもて向きは、矢部定謙は餓死したことになっている。実際に斎量寺では、かたちばかりの野辺《のべ》送りをした。江戸からの公儀隠密は、それを確認したのだ。寺に住まう人数が一人増えたことに、さしたる関心は示さなかった。行き倒れの者が村人に助けられ、しばし寺の食客《しょっかく》として誦経《ずきょう》の日々を過ごすのは、珍しいことではないのだ。

だが吉岡左右介にとっては、針の莚《むしろ》に座ったようなものである。もし、定謙の生きていることが露顕したなら、幕府を謀《たばか》ったことになり、事態は吉岡左右介の腹ひとつでは済まなくなる。藩にも幼君の定猷《さだみち》公にも、いかなる災厄《さいやく》が降りかかるか計り知れたものではない。

定謙は蘇生させてくれた竜泉に感謝するとともに、吉岡左右介の立場をも深く解した。別人として、誦経三昧《ざんまい》の日々を送ったのだった。

竜泉は常に定謙に言っていた。

「拙僧が蘇生させたのではない。怨念を抱《いだ》いたまま三途の川を渡っても、西方《さいほう》浄土《じょうど》が迷惑するのみじゃ。よってそなたは彼岸から菩薩によって現世に押し戻されたのじゃ。さように心得よ」

しかし、行き倒れの者にしては、定謙は貫禄も知識や教養もありすぎた。藩士のなかからも、

「まさか、矢部定謙どのは死んでおらず、あの御仁がそれでは……？」

声が出はじめた。

当然、左右介は否定したが、藩内での疑念の声は収まらなかった。

蘇生してから三月《みつき》近くを経た。

定謙は、

「蘇生を挟《はさ》み、まえの三月とあとの三月、ちょうど区切りもようござる」

と、みょうな理屈を立て、

「出家して諸国を行脚《あんぎや》し、そのうえで得度《とくど》し、僧籍を得たい。そのまえに、わが菩提寺《ぼだいじ》である江戸の浄心寺に参詣し、そこを諸国行脚の起点としとうござる」

と、竜泉と左右介に申し出た。

菩提寺の浄心寺が日蓮宗であり、それゆえに左右介が定謙の野辺送りを同派の竜泉寺に依頼したのではない。左右介が目をつけた城下はずれの小さな寺というのが、たまたま日蓮宗だったのだ。

これには定謙も左右介も驚き、竜泉は、

「偶然ではござらぬ。祖師《そし》（日蓮）のお導きじゃ」

言ったものである。実際、三人ともそれを信じた。

吉岡左右介は、定謙が江戸の浄心寺を諸国行脚の起点にすることを承知した。ただし、江戸まで竜泉が同道《どうどう》し、定謙の身を慥《しか》と浄心寺に預けることを条件にした。竜泉は身延山で一緒だった浄心寺の日舜を懐《なつ》かしく思い、かくして定謙を得度に導くかたちで江戸への旅に出たのである。

出立《しゆつたつ》のとき、左右介はおもて立った見送りは控えたが、

「東海道行脚も修行の一環とし、江戸に着くころには世俗と無縁の僧になっているよう、くれぐれもよろしゅう頼みますぞ」

竜泉に言っていた。

左右介にすれば、定謙が仏道に帰依《きえ》しようとしていることは信じるものの、それを江戸へ出すなど、おのれの身をあらためて針の莚《むしろ》へ置くにも等しい。定謙が生きているなど、藩内でも極秘にしており、江戸おもての服部正綏にまで伏せているのだ。それを正綏が知れば、江戸おもてと国おもてに確執《かくしつ》が生じるばかりか、僧籍に入った定謙に刺客《しかく》を放《はな》ちかねない。非難はできない。それもまた忠義の道に相違はないのだ。

竜泉は話し終え、

「ふーっ」

大きく息をついた。やはり左右介とおなじ懸念を、ぬぐい去れないのだ。

聞き終えた日舜は定謙に視線を向け、

「殊勝《しゆしよう》なことでござる。そなた、まことに浄心寺から諸国行脚に出なさるか」

「そ、それは」

定謙は口ごもった。

増上寺の門前を経てから浄心寺の山門を入るまで、

（どうする……）

（……いかにすれば）

その一歩一歩に、迷いがからみついていた。

諸人《もろびと》が嫌悪し、苦しんでいる。だが死せる身では、如何《いかん》ともしがたい。かといって、動けば桑名藩はもとより庄内藩にも、斎量寺にも浄心寺にも迷惑がかかる。その迷惑も、それぞれに激震をもたらすだろう。

しかし、

（知って捨てておけようか）

庫裡で日舜と向かい合ったとき、心はまだ迷いのなかにあった。

だから〝諸国行脚〟を問われたとき、定謙はほとんど反射的に応えていた。

「いや、江戸にあっても諸国にあってもおなじこと。それがしには、やらねばならぬことがあるようじゃ」

つづけた。

「それを娘義太夫の蔦田屋琴太郎や、路上で役人に体当たりをした若者、それにやくざ者の布袋の鋭吾郎なる者が教えてくれた」

「ううっ」

竜泉はうめいた。増上寺門前の町場で覚えた懸念が、現実になったのだ。

「増上寺のご門前での出来事とは？」

訊く日舜に、竜泉は浜松町での一件を話し、定謙は一つひとつうなずきを入れていた。

ふたたび聞き終えた日舜は言った。

「さもありなんかと思うて、そなたにそなたの墓と荘照居成の祠《ほこら》を見せたのじゃ。そなたは現世ではすでに鬼籍《きせき》に入っているばかりか、神として祀《まつ》られておるのじゃぞ。いまは世を憚《はばか》る小さな祠じゃが、世が代われば荘照居成は正式な神社として庄内藩のいずれかに移され、命日の七月二十四日には毎年神事が執《と》り行なわれようぞ。祭神はもちろんそなたじゃ」

「これはよい、これはよいぞ。あははは」

竜泉は愉快そうに笑ったが、目は真剣だった。

つづけた。

「つまりじゃ、そなたがなにを思《おも》おうが、生身《なまみ》の人間としてこの世には出られぬということじゃ。怨念も煩悩もふり払う、諸国行脚の修行の道のみがそなたに用意されているということじゃ。行脚ののち、しばし身延山に入るもよし」

「うーむ」

定謙はうめき、竜泉はなおもつづけた。

「そうよのう、定謙《さだのり》なる者はすでに存在せぬ。俗名と神とを合わせた照謙《しょうけん》にしてはどうか。苗字も変えようかのう。矢部姓に未練はあろう。その名をすこしは残し、矢内《やない》とするはいかがか」

「ふむ、それはよい。すこぶるよいぞ」

日舜は手を打って賛同した。

この瞬間に矢部定謙は入滅《にゅうめつ》し、代わって矢内照謙が誕生した。

ふすまの向こうから、修行僧の声がした。

「長旅をしておいでのお方へ。湯浴《ゆあ》みの用意が整《ととの》うてございます」

ようやく矢内照謙と竜泉は、長旅の垢《あか》を落とすことができそうだ。

六

この日、まだ陽のあるうちだった。

両国橋を渡る定謙と竜泉を、増上寺門前から尾《つ》けて来た者がいた。着物の裾をちょいと手でつまみ、往来の衆にも憚るように歩を進める風情は、いかにも世を遠慮しながら生きる若い衆のようだ。布袋の鋭吾郎の手の者である。

竜泉がまだ饅頭笠をかぶったままの僧形をうながし、増上寺の門前町を離れたとき、布袋の鋭吾郎は従えていた若い衆の一人に、二人の饅頭笠の背にあごをしゃくった。

「――へい、がってんでさあ」

若い衆は二つの饅頭笠を追った。

（――いずれの御坊か、確かめよ）

鋭吾郎は命じたのだ。増上寺の門前町を仕切る店頭として、僧形の俠気《きようき》とその巧《たく》みな棒術に、大いに興味をそそられたようだ。現場が東海道の浜松町でなく、一歩門前の町に入っていたなら、みずからが若い衆を繰り出し、役人と悶着《もんちやく》を起こすところだったのだ。それを天下の東海道で旅の僧がやってのけた。

若い衆が走り出たとき、蔦田屋琴太郎が、

「――あたしも」

と、駈け出そうとしたが、

「――よしねえ。おめえは素人娘《しろうとむすめ》の形《なり》をしていても、役人に面《つら》を覚えられ、目をつけられているんだ。しばらくこの町から出るんじゃねえ」

　布袋の鋭吾郎に引き止められ、

「——は、はい」

　踏み出した足を止めたのだった。

　二つの饅頭笠を尾《つ》けた若い衆は、

（——えっ、川向こうのお寺さんかい）

　と、両国橋を東岸の本所深川方面に渡るときも、橋の隅を他人とぶつからないように歩を進めた。

　店頭一家の者は、縄張《なわばり》にしている門前町を一歩出れば、決して他人と諍《いさか》いを起こさず、いかなる揉め事にも係り合わないというのが鉄則である。その代わり縄張内《しまうち》の揉め事には、

『役人といえど、手出しはさせねえ』

　との気概があり、実際にそうしている。

　だから店頭一家の者は、縄張から一歩外に出れば、道を歩くのさえ申しわけなさそうに肩をすぼめているのが習慣となっている。

　二つの饅頭笠が浄心寺の山門をくぐったのは、すでに陽の大きくかたむいた時

分だった。若い衆はそれを確認するとすぐさまきびすを返した。浄心寺にも小ぶりながら門前町はある。面識はないが店頭はいるはずだ。他人の縄張である。長居はできない。

若い衆が増上寺門前の縄張に戻ったのは、陽がすっかり落ちた時分だった。浄心寺では日舜と竜泉、それに矢内照謙と変わった矢部定謙が、真剣な表情で膝《ひざ》を交えていた時分である。

報告を受けた布袋の鋭吾郎は、

「――おうおう、上出来だ。寺さえ判りゃあ充分だ。深川の浄心寺といやあ、宗旨《しゅうし》は確か日蓮宗だったなあ。その宗旨のお方を通じ、あのお手練れの素性《すじょう》なりとも調べてもらおうかい。蔦田屋琴太郎じゃねえが、もう一度じっくり会ってみてえお人だぜ」

ふくよかな顔相の目を、さらに細めていた。

増上寺門前から二つの饅頭笠を尾けたのは、布袋の配下の若い衆だけではなかった。深編笠の中で首をかしげていた、あの着ながしで得体の知れない武士も、従えていた職人姿の男に、

「――確かめよ」

命じていた。

「――承知」

職人姿は返すと、すぐさまその場を離れた。布袋の若い衆が〝がってん〟と二人を追ったのとほぼ同時だった。だが、踏み出した場所が異なったため、二人は互いの存在に気づくことはなかった。

布袋の若い衆が、浄心寺の門前できびすを返したのにくらべ、職人姿は二つの饅頭笠につづき、そのまま山門をくぐった。

僧形の一人は、境内で本堂から出て来た住職と向かい合ってもなお笠を取らない。職人姿はその僧形に注目している。深編笠の武士が浜松町の東海道の段階で首をかしげたように、職人姿の男もまた、

（――はて？）

と、その僧形に注目したのだった。

境内の物陰から、男はしばらく観察した。声は聞こえない。やがて三人の僧形は庫裡に向かった。手練れの僧形は、なおも饅頭笠を着けたままで顔をさらそうとしない。

このあと僧形の三人はすぐまた境内に出て来て墓場に向かうのだが、そこまでは予測できない。時間から庫裡に上がったものと解釈しても不思議はない。職人姿の男は、

(——あのお方、最後まで笠を取らなんだがなによりの証拠)

そう解釈し、山門を出た。

ちょうど陽の落ちたときだった。

(——お顔は確かめられなんだが、間違いない)

思いを強め、帰途を急いだ。

その足は両国橋を取って返し、さらに内神田《うちかんだ》の大通りを経て日本橋を南に渡った。火灯《ひとも》しごろを過ぎ、すでに足元には提灯の灯《あか》りが必要な時分になっている。人通りはほとんどなくなり、そのまま東海道を南に進めば浜松町である。だが日本橋を渡った足はすぐ西方向への枝道に入った。江戸城の外濠《そとぼり》に出る。そこに呉《ご》服橋《ふくばし》がある。その橋を渡り枡形《ますがた》に組まれた石垣の奥に番所がある。日の入り後に御門を入ろうとすれば、かならず呼び止められ誰何《すいか》される。提灯を持っていなければなおさらだ。

「俺だ。通る」

男は言っただけで御門を通過した。

呉服橋御門を入ってすぐの広大な屋敷は、北町奉行所だ。正面門はすでに閉じられているが、職人姿は脇の潜《くぐ》り戸を叩《たた》き、中に消えた。

奥の部屋で、昼間の深編笠の武士がいまはくつろいだ姿で、男の帰るのを待っていた。

その人物、北町奉行の遠山景元《とおやまかげもと》である。景元には市井《しせい》に身を置いた無頼の一時期があり、遠山金四郎《きんしろう》といったほうが、世に知られている。五十をいくらか過ぎた、柔和な顔立ちの人物だ。

「ただいま戻りましてございます」

と、職人姿はくつろぐ金四郎の前に端座《たんざ》した。

金四郎は余人を排し、

「もそっと近《ちこ》う参れ」

と、職人姿の男と親しく膝を交えるかたちになった。

この職人姿、本来は遠山家の用人で、金四郎が北町奉行に就任してからは臨時廻り同心となり、奉行所での役務においても金四郎の側近となっていた。三十がらみで谷川征史郎《たにがわせいしろう》といい、変装術に長《た》け、すべてによく気の利《き》く男である。屋敷の用人でもあるため、矢部家にも金四郎の遣《つか》いとして幾度か出入りしており、定謙とも親しく面識がある。だから浜松町で手練れの僧形を見たとき、笠で顔は見えずとも金四郎とおなじ疑念を覚え、〝確かめよ〟と言われただけで、なにを確かめるかを即座に解したのだ。

「私の目にも、間違いはありませぬ。あの僧形のお方は、矢部定謙さまです。なれど奇怪《きっかい》な……。入られたのは、深川の浄心寺でありました」

「なんと！　浄心寺といえば矢部家の菩提寺ではないか。そこへ桑名で入滅《にゅうめつ》したはずの定謙どのが僧形で入った。いかなることじゃ」

「そこまでは……。いま言えますることは、境内でもまったく笠をお取りにならず、お顔を隠したままであったことが、定謙さまであることのなによりの証《あかし》かと愚考いたしまする」

「そなたの見立てに間違いはあるまい。なれど、なにゆえ定謙どのが生きて僧形に……。また、なにゆえ浄心寺に入られた……？　そなたはしばらくその究明《きゅうめい》に専念せよ」

「もとより」

征史郎はあらためて拝命した。征史郎にとってそれは、願ってもない拝命だった。金四郎はつづけた。

「そなたもすでに感じたろうが、定謙どのは人に隠れたお忍びのようじゃ」

「御意《ぎょい》」

「ゆえにこのことは、わしとそなただけのこととし、他言は一切無用」

「ははーっ」

谷川征史郎は畳に両手をつき、あるじの金四郎とおなじ秘密を持ったことに誇らしい気分になっていた。

浜松町で蔦田屋琴太郎を助けるため、六尺棒に体当たりした男……。竜泉や矢内照謙こと定謙も、二人から話を聞いた日舜も、

（いずれ店頭の手の者）

と解釈し、それ以上の話題にはならなかった。

布袋の鋭吾郎もその若い衆たちも、また蔦田屋琴太郎も、それが誰であるかを知らない。単なる行きずりか……。ただ、義俠心の強い若者であることに間違いはなさそうだ。それも役人に追われたとき、門前町に逃げこめば助かることを知

っている、無頼に近い者ということになろうか。

かくして矢部定謙あらため荘照居成の神となった矢内照謙の、江戸おもてでの一日は終わった。その脳裡《のうり》からは、竜泉が懸念したとおり、世間への煩悩はまだ消えていなかった。というより、江戸の町場がその念を呼び起こしたようだ。

二　迫る影

一

北町奉行所の臨時廻り同心、谷川征史郎の姿がふたたび浄心寺の境内に見られたのは、矢部定謙《さだのり》が江戸へ舞い戻り、矢内照謙《しょうけん》と名を変えた翌日である。

きのうの職人姿が、きょうは角帯《かくおび》をきちりと締め、水桶《みずおけ》を手に実直なお店者《たなもの》の墓参りを扮《こしら》えている。

まだ朝のうちである。そのお店者の目に、慥《しか》と入った。寺僧が二人、なにやら話しながら矢部家の墓に両手を合わせ、ついで墓場の奥の灌木群《かんぼくぐん》に分け入り、小さな祠《ほこら》にもお参りしたようだ。

（えっ、あんなところに祠が？　小さい鳥居まであるが、いずれの神様を祀《まつ》って

あるのだろう)

と、征史郎はその祠の由来を知らなかった。

一定の距離を保った。きのうと違って饅頭笠《まんじゆうがさ》はかぶっておらず、手甲脚絆《てつこうきやはん》の旅装も解いている。遠目であったが、

(矢部定謙さま)

に間違いないようだ。

もう一人が、きのう定謙と一緒に浄心寺に入った僧であることも、征史郎は確認した。

一定の距離を保っているのは、見張っている者がいることを、定謙に気づかれないためである。定謙が一人のときを見はからい、

(声をかけ、生きておいでの真相を直接……)

質《ただ》そうと、征史郎は算段している。生きて江戸に舞い戻った経緯も理由もすべてがわからないため、余人のいる前で声をかけるのは憚《はばか》られる。

(——配慮が必要であるぞ)

遠山金四郎からきつく言われているのだ。

征史郎の姿は定謙こと矢内照謙の視界に入ったが、距離を保っているうえ、ほ

かにも墓参の人影があるため、訝られることはなかった。もし接近し、窺う仕草をとっていたなら、いかにお店者を扮えているとはいえ、定謙はそれが遠山家用人の谷川征史郎であることに気づくだろう。

幸か不幸か、機会はなかった。僧形の二人はふたたび饅頭笠をかぶり、錫杖《しやくじよう》を手に山門を出たのだ。

征史郎は迷った。

（尾《つ》けるべきか、それとも残ってこの寺内に聞き込みを入れるか……）

二人はきのうと違い、旅装束ではなかったため、

（単なる托鉢《たくはつ》……、ならばまた浄心寺《ここ》へ戻って来られるはず）

そう判断し、寺内で探りを入れるほうを選んだ。

征史郎の判断は、一端は当たっていた。托鉢もしようが、照謙こと定謙の案内で、竜泉が江戸見物に出かけたのだ。

征史郎は左手に水桶を、右手に柄杓《ひしやく》を持ち、あくまでも実直なお店者の墓参りを装《よそお》い、墓場の掃除をしていた寺男に、

「もうし」

声をかけた。きのう夕刻、日舜ら三人の足元を提灯《ちようちん》で照らした寺男だ。

「さきほど、あまり見かけない御坊がお二人、お出かけになられたようですが、このお寺の新たなお坊さまでいらっしゃいましょうか。お歳から、学生《がくしょう》さんには見えませぬが」

寺男は征史郎を檀家の者とみたか、竹箒《たけぼうき》を持つ手をとめ、

「そりゃあそうでやしょう。お二人とも遠くよりお越しなされた、徳を積んだお坊さまでございますゆえ」

「やはり。で、遠くとはいずれの? 甲州は身延山から?」

「いえ、伊勢の桑名でございまさあ」

応えると寺男は竹箒を持ったまま、

「あっ」

と、慌《あわ》てたようすになった。

「どうかしましたか」

「い、いえ。その、まあ、遠くより……で、ございやして」

すかさず征史郎が再度の問いを入れたのへ、寺男は明らかに戸惑いを見せ、

「で、お手前さまこそ、あまり見かけぬお方ですが、いずれの檀家の?」

「はい。近くまで来たついでに、先代あるじの墓参りをと思いましてなあ」

詳しく訊かれては困る。征史郎は言うときびすを返し、

「それは、それは」

と、寺男の声を背に聞いた。寺男も、お店者のほうから離れてくれたことに、ホッとしたようすだった。

征史郎はふり返らず、ゆっくりと山門のほうへ歩を取った。

収穫はあった。

（矢部定謙さまは、桑名に流されておいでだったのだ）

確信に近いものを得た。

それだけなら、きのうの探索の域を出ない。

収穫というのは、寺男が狼狽《ろうばい》したことだ。

（寺は、矢部定謙さまが生きて還《かえ》られたことを口止めしている。ということは、寺はそれが矢部定謙さまであることを承知している。それを秘匿《ひとく》するため、あるいは名を変えておいでかも知れない。さらに、きょうも一緒だったあの御坊は、いずれ桑名の日蓮宗の僧侶……）

推量を胸に、征史郎は山門を出た。

足は両国橋を返し、江戸城外濠《そとぼり》の呉服橋御門に向かった。きのうは職人姿で、

きょうはお店者である。

「おう、早かったのう」

と、遠山金四郎は私的な居間ではなく、公務の部屋で征史郎を迎えた。余人を排し、膝を寄せ、声も落としているのは、きのうとおなじである。

「新たな収穫とは申せませぬが……」

谷川征史郎はきょうの成果を語った。

「ふむ。寺男の反応を判断の材料にしたのは、上出来じゃった。そなたの見立てに、もう間違いはあるまい」

金四郎は征史郎の推量を肯是《こうぜ》し、

「寺がそれを知って秘匿しているとなれば、浄心寺への聞き込みから得るものはもうあるまい。下手《へた》に動いて定謙どのに探索の手がまわっていることを覚《さと》られてもまずい。寺社奉行もおそらく苦情を言って来よう。それになによりも定謙どのの意図がわからぬうちは、われらが下手に動いたのでは、かえってご当人のためにならぬということじゃ。まずは定謙どのがなにゆえ、生きて再度江戸の土を踏まれたか……。それを知るためには、いかなる状況にて定謙どのの〝死〟が江戸に伝えられたかを吟味するのが肝要じゃ」

「御意」

「そこでじゃ、急がば回れのたとえもある」

「はっ」

「同道していた僧が桑名のお人であれば、数日後にはまた桑名へ戻られることになろう」

「おそらく」

「そのとき桑名の僧一人か、それとも定謙どのもご一緒か……、しばらく浄心寺から目を離すな。聞き込みを入れてもならぬ。ただ、気長に見張るのだ」

「はっ」

征史郎は拝命し、金四郎とさらに声を低め、ひたいを寄せ合った。

このあと金四郎は、征史郎に幾人かの手下《てか》をつけた。慎重だった。北町奉行所の定町廻り同心でも隠密廻り同心でも、そこに割《さ》くことはできる。いずれも遠山金四郎の配下だ。だが、見張りの相手の一人は桑名で死去したはずの、前《さき》の南町奉行矢部定謙である。定謙も浄心寺も、それを伏せようとしている。そこに北町奉行所の同心を配置したのでは、定謙の顔を知っている者もおり、北町奉行所から定謙の生存が世に洩れることになるかもしれない。迂闊《うかつ》に奉行所の者を配置することはできない。

「定謙どのが伏せておいでなら、その理由が判るまで、われらもそれに合わせねばならぬ」

それが定謙の生存に気づいたときからの、金四郎の思いやりであり、崩せない方針となった。定謙生還の背景も目的も判らなければ、不用意に露顕したときの影響もまた、計り知れないのだ。

金四郎が征史郎につけた手下は、いずれも遠山家の若党《わかとう》たちだった。そのほうが征史郎も差配しやすく、矢部定謙の生存が奉行所内でうわさになることも防げるだろう。

方途もまた慎重だった。遠山家で選《よ》りすぐった数名が、征史郎の差配で浄心寺の山門近くに足溜《あしだま》りを設《もう》けて交代で見張りにつき、同道していた僧が桑名に帰るならあとを尾け、その寺を確かめるというものだった。そこから本格的に聞き込みを入れ、いかなる状況下で桑名藩が矢部定謙の〝死去〟を幕府に伝えたかを探ろうというのである。

大名家に探りを入れるのは、大目付の仕事である。そこに町奉行所が手を出すなど、明らかに支配違いであり、逸脱した行為となる。さりげなくそれに抵触せぬよう推進するなどは、さすがに遠山金四郎である。

金四郎が征史郎に向後《こうご》の策を語ったあと、

「これは本件と係り合いがあるかどうかはわかりませぬが……」

と、征史郎はつけたすように言った。

「浄心寺の境内に、それも墓場の脇の灌木群の中に、まだ新しいと思われる小さな鳥居と祠があり、定謙さまと桑名の僧が一緒に参詣しましてございます」

「ほう」

と、金四郎は興味を持った。だが、〝荘照居成《そうしょういなり》〟と刻んだ扁額のあることを聞いても、にわかにはその意味を解《かい》せなかった。しかし一度首をひねれば、さすがは金四郎である。

「荘とは庄内藩のこと、此処《ここ》にあって庄内を照らす……。そう解釈できぬか」

「まさしく」

征史郎は返した。

金四郎はつづけた。

「ということは、浄心寺はなにもかも承知の上で、定謙どのをかくもうているようじゃ」

「おそらく」

「ならば、浄心寺に聞き込みを入れてもなにも得られまい。このことについては向後、聞き込みはひかえよ」

「ははーっ」

征史郎はそこに得心した。

手練れの僧の素性《すじょう》を追ったのは、遠山金四郎だけではない。布袋《ほてい》の鋭吾郎の動きはさらに速かった。金四郎のように、支配違いの制約などまったく受けない。数日後には日蓮宗の信者をとおし、さらに若い衆を境内にも入れ、

「ああ、あのお方は墨染《すみぞめ》を来ていなさるが、いずれかのご浪人さんで、名は矢内照謙さまと申されますじゃ。えっ、いつまで寺に？それはわかりませぬ。いまは寺の食客《しょっかく》になっておいでゆえ」

との証言を得ている。

蔦田屋琴太郎はよろこび、会いに行きたがったが、

「おめえはしばらく門前町《もんぜんまち》から出ちゃいけねえ。義太夫はこの町で存分に唸《うな》れるだろう」

鋭吾郎に言われたのでは、従わざるを得ない。おかげでいまはほとんどいなくなった娘義太夫が、増上寺門前での名物の一つになっているのだ。もとより〝矢内照謙〟なる名から、前の南町奉行〝矢部定謙〟を連想する者はいなかった。それもそのはずで、矢部定謙はすでにこの世にいないことになっているのだ。

二

「ほう、ほうほう。さすがは公方《くぼう》さまのお膝元じゃ。どこまで行っても、お大名家のお屋敷や神社仏閣に町場の絶えることがござらんわい」

と、矢内照謙こと矢部定謙の案内による、竜泉の江戸見物は数日にわたった。近くの富岡八幡宮を皮切りに神田明神《かんだみようじん》、音羽《おとわ》の護国寺《ごこくじ》、芝の愛宕《あたご》神社等々と、江戸の名所は数日では廻《まわ》り切れない。

その竜泉と照謙が、意識的に避けたところがある。日本橋に近い八丁堀だ。そこには桑名藩の江戸藩邸がある。国家老の吉岡左右介《そうすけ》は、藩の存亡に関わるこたびの重大事を、江戸家老の服部正綏《まさやす》に報《しら》せていない。隠匿《いんとく》したのではない、打ち明ける機会を失したのだ。あとは隠し通すしかない。だがそれは、いつ露顕《ばれ》るか針の莚《むしろ》である。そうした左右介の立場を、竜泉も矢部定謙あらため矢内照謙も、いたく解している。

竜泉がいかに城下はずれで村はずれの山寺の住職とはいえ、国許で見知っている者がいないとも限らない。藩の勤番侍はむろん、屋敷の腰元や中間《ちゅうげん》などの奉公人も、国おもてから出て来ている者が多いのだ。路上ですれ違い、いかに饅頭笠をかぶった僧とはいえ、気づく者が一人でもいたなら、幕閣は仰天し、桑名藩は存亡の危機にさらされることになるのだ。

「――八丁堀界隈《かいわい》は、鬼門《きもん》といたしましょうかのう」

「――むろん」

最初に浄心寺の山門を出るとき、饅頭笠の中で矢内照謙が言えば、竜泉はうなずいたものである。

矢部定謙あらため矢内照謙にとっても、江戸生まれ江戸育ちではあっても、無頼の一時期のあった遠山金四郎と違い、僧形のお忍びで竜泉を案内し、江戸市中をくまなく歩くのは、初めての体験だった。

町角や門前町の茶店の縁台に腰かけ、荷運び人足や駕籠《かご》舁き人足、さらに各種の行商人たちと気軽にご政道向きの話をするなど、高禄旗本で幕府の要職を務めてきた定謙にとって、まさしく新鮮なものだった。話すほうも、相手が顔の見えない僧侶とあっては、忌憚《きたん》のない話をする。

音羽の護国寺門前の茶店でお茶を飲んでいたときだった。門前の広小路のような通りで、派手な衣装の飴売《あめう》りが客寄せに太鼓《たいこ》を叩いて舞っていた。夫婦の飴売りだろうか、女がこれも目立つ衣装で三味線《しゃみせん》をかき鳴らしている。足を止めて見入るのは、子連れの参詣人ばかりではない。お店者や職人風の者までまわりに集まりはじめた。飴が売れるたびに三味線や太鼓の音がひときわ大きくなり、男が滑稽《こっけい》な仕草でひとさし舞うのだ。飴売りというより、大道芸人といったほうが当たっているかもしれない。

江戸の街に音曲が絶えてより久しい。矢内照謙と竜泉にとっても、饅頭笠の僧形で江戸見物を始めてから、初めて聴く音曲と大道芸だった。

以前なら寺社の門前や境内には、芝居小屋や見世物《みせもの》小屋が立ち並び、それらの呼込みの声が音曲とともに広小路にながれ、諸人《もろびと》の動きにいろどりと活気をもたらしていたものである。それが現在《いま》はご法度《はっと》の波で、いずれにも見られなくなっている。

飴売りのまわりにはたちまち人だかりができ、

「ほう、ほうほう」

と、矢内照謙は縁台にこしかけたまま、懐《なつ》かしいものでも見るように饅頭笠の前を上げ、竜泉もうなずきそれにつづいた。

突然だった。

「きゃーっ、逃げてーっ」

女の悲鳴が上がった。

手甲脚絆に六尺棒の捕方二人を連れた同心が十手をかざし、

「慮外者《りょがいもの》！　さような衣装に卑猥《ひわい》な音曲、不届き！」

「おっと来なすったかい。逃げるぞっ」

「はい、おまえさん！」

息が合っている。やはり夫婦者のようだ。男が叫ぶなり女も三味線の手をとめ裾をたくし上げた。

「むむっ」

眼前の光景の急変に定謙ならぬ照謙は錫杖を取り、腰を上げようとした。

「ならぬっ、増上寺の二の舞は!!」

竜泉は照謙のたもとをつかみ、強く引いた。

「うぅぅ」

照謙がうなったのはほんの束の間だった。

野次馬と思えた見物人たちが、誰に差配されるでもなく飴屋のまわりに人垣をつくり、枝道へのほうを開けた。

「おぉう、飴屋こっちだ」

「さあ、早《はよ》う！」

飴屋夫婦に切羽《せっぱ》詰まった声をかけたのは、飴屋の知り人でもなんでもない。ただの行きずりのようだ。

「ありがてえっ」

飴屋夫婦は、人垣の開けたすき間に走り込んだ。

その先は護国寺門前の町場の枝道である。

「ほう、ほうほう」

と、照謙は事態を解し、錫杖を持つ手をゆるめ、浮かしかけた腰をもとに戻した。事態のながれが、浜松町の街道のときとおなじだったのだ。

町衆は飴売りの夫婦を逃がすと、ただちに開けていた通路を塞いだ。同心は十

手を振りまわし、

「えぇいっ。邪魔立てすると、おまえたちも引っくくるぞっ」

「へん、引っくくれるものなら引っくくってみねえっ」

と、町衆も負けてはいない。ただし悪態をつくのは、同心からいくらか離れたところからだ。

「なにいっ」

同心がそのほうに振り向くと、そこには二重三重の人垣ができる。誰が罵詈《ばり》雑言《ぞうごん》を放ったかわからない。

「くそーっ、おめえたちっ」

同心が歯ぎしりしたころには、飴売り夫婦の姿はすでに枝道の奥に見えなくなっている。代わって土地《ところ》の店頭《たながしら》配下の者と思われる若い衆が数人、枝道への入口を塞ぐように出て来ていた。

道を塞いでいた町衆たちはそれを見ると安堵したように人垣を解き、きわめて自然に広小路は何事もなかったように元のながれに戻った。

残ったのは手持ちぶさたに六尺棒を小脇にしている捕方と、

「ううう、くそーっ」

歯ぎしりする同心のうめき声ばかりである。

かつては矢内照謙こと矢部定謙は、この江戸の町場に奉行所の威光の届かぬ所が随所にあるのを、奉行として好ましく思っていなかった。ところが天保の改革が進む現在《いま》は、布袋の鋭吾郎を含め、

(なかなか頼もしいやつらよ)

心中秘かに拍手を送っている。

茶店の視界からも同心と捕方の姿は消えた。またいずれかより駈けつけるだろうが、飴屋に限らず派手な衣装と踊りの物売りたちはその合間《あいま》を縫うように商《あきな》いを進め、町に花を添えているのだ。

茶店のおやじが、

「いずれのお坊さまか知りやせんが、ご覧になりやしたかい」

と、縁台の僧二人に話しかけてきた。

矢内照謙が応えた。

「ふむ、慥《しか》と見せてもらいましたじゃ。町場の粋《いき》を守ろうとする衆生《しゆじよう》の連携か。頼もしいのう」

「ほう、お坊さま。そう見ていただけますか。ありがたいことです」

となりの縁台に腰を下ろした、商家の旦那風の男が返した。お供に小僧を一人連れている。小僧にも茶と団子を注文していた。さきほどまで飴屋夫婦を土地《ところ》の店頭の縄張へ逃がす人垣に加わり、町方の引き揚げるのを見てから、この縁台に腰を下ろしたようだ。茶店のおやじも含め、互いに知らない者同士の会話《やりとり》となった。そこにはただひとつ、

(気遣《きづか》いなく話せる相手)

との仲間意識がながれている。

商家の旦那風は言った。

「お坊さま方も知っておいでじゃろ。矢部さまと言わっしゃる前《さき》の南町お奉行さまが、謀《はか》られて東海道のずっと向こうの土地で亡くなられた話……」

「聞いておりますじゃ」

応えたのは竜泉だった。

南町奉行であった矢部定謙あらため矢内照謙にとっては、自分のうわさがいま話されようとしているのだ。饅頭笠の前を、さらに顔の見えぬように下げた。商家の旦那風の言葉はつづいた。

「お坊さまのように世俗を離れたお方らには無縁かと思いますが、南町奉行に妖

怪のようなお人がお就きになられてより、事態はますます非道《ひど》うなるばかりにて、北町の遠山さまがお一人で、ことのほかお困りのごようすとか」

「そうそう、北町の遠山金四郎さまがふんばってくださり、このお江戸から音曲の絶えるのをなんとか防いでくだされた。わしら町衆にとっても役者の人らにとっても、ほんにありがたいことですじゃ」

「まっこと、ありがたいことです」

商家の旦那風も相槌《あいづち》を入れた。

江戸三座《さんざ》の一件のようだ。矢内照謙も話には聞いている。だが浄心寺の中だけでは、詳しい経緯はわからない。町場でゆっくりと聞くのは、これが初めてである。竜泉も、聞く姿勢になった。話すほうにすれば、いま目の前にいるのが、あの世に行ったはずの前《さき》の南町奉行矢部定謙などとは、思考の範囲を超えたことなのだ。

鳥居耀蔵の水野忠邦に忖度《そんたく》した、容赦のない取締りによって、娘義太夫をはじめ江戸中から芝居小屋や寄席が消えようとしていたときである。

矢部定謙が忠邦と目付の鳥居耀蔵の策謀によって死地に追いやられてからは、金四郎が一人で過度な改革に立ちはだからねばならなかった。そこに推進されたのが、南町奉行に就任した鳥居耀蔵の、江戸市中からの寄席や芝居小屋の全面追放だった。

金四郎は触れを出すのをためらった。そればかりではない。

「芸人が喰うに困り、庶民からは娯楽がなくなれば、江戸の街は殺伐《さつばつ》となるは必《ひっ》定《じょう》。水野さまや鳥居どのは、大坂の大塩平八郎どのの反旗に似た騒乱を、江戸に再現させるおつもりか」

と、矢部定謙についで、公然と天保の改革に異議を唱えはじめた。当面の戦いは、江戸庶民から娯楽を取り上げることの阻止である。

江戸市中の寺社の境内や門前町や広小路から、芝居小屋や見世物小屋が消え、町々の寄席までつぎつぎと取り壊されていくなか、金四郎は側近の谷川征史郎たちに、

「定謙どのがいてくれたならなあ」

と洩らしながら、芸人をはじめ広い層からの後押しを得て、ともかく江戸の町から音曲の消えるのを防ごうと奔走《ほんそう》した。

水野忠邦も鳥居耀蔵もこれには困惑し、芝居小屋の浅草猿若町《あさくささるわかちょう》への移転だけは認めた。そこに大ぶりな芝居小屋で多数の歌舞伎《かぶき》役者や色物の芸人たちを率い

て移転したのが、中村座《なかむら》、市村座《いちむら》、森田座《もりた》の三座だった。これら官許《かんきょ》の三座はのちに江戸三座といわれ、過度の改革から江戸の芸能と音曲の伝統を守り抜くのに大きな力となった。

「まっこと、手前ども市井《しせい》の者のみならず、お武家も秘《ひそ》かに手を打ち喜んでおいでございますよ」

商家の旦那風があたりを用心しながら言えば、

「さきほどの飴売りが大道芸を披露《ひろう》できるのも、うしろに三座がひかえているからでございますよ。気分の上からも、江戸に三座のあることが、大きな心の支えになっているのでさあ」

茶店のあるじも言う。

(さすがは金四郎どの。三座がなければ、江戸はそれこそ闇になろうか)

思いながら、矢内照謙は茶店での話を聞いたものである。

照謙が巷間《こうかん》で見たり聞いたりしたのは、それだけではなかった。

町角でちょいとおしゃれをした町娘を見かければ、岡っ引がすぐさま寄って来て着物にはむろん、櫛《くし》、笄《こうがい》、簪《かんざし》や、ふところの扇子《せんす》にまで難癖をつけて自身番に引き、親から多額の袖の下を取っていた。

六尺棒の捕方を引き連れた定町廻りの同心や、町の岡っ引がいくらかでも目立つ往来人をつかまえて難癖をつけ、小遣いを得ている場面は、数日にわたって江戸市中を行脚《あんぎや》しただけでも、数回目撃した。町娘を自身番に引いたあと、親を呼びつけて袖の下を要求するのも合わせ、

「珍しいことじゃありやせん」

と、いずれも自身番のすぐ近くで聞いた話である。

目に見えるところでそうなのだから、

(見えぬところではなおさら……)

照謙は暗澹《あんたん》たる気分にならざるを得なかった。

それらを助長しているのがご政道であれば、

(むむむっ、いま一度)

思われてくる。

口には出さなくても、それは照謙の全身の挙措《きよそ》からわかる。

そのたびに竜泉は、

「なりませぬぞ。そなたはもう、この世にはいないお人ゆえ」

と、袖を引いていた。

三

竜泉の江戸見物も五日ほどを経た。桑名の斎量寺が山寺とはいえ、そう長く留《る》守《す》にしておくわけにはいかない。国家老の吉岡左右介も、江戸のようすはどうかと一日千秋《いちじつせんしゅう》の思いで竜泉の帰りを待っていることだろう。なにしろ江戸藩邸も幕府をも謀《たばか》り、毎日が針の莚なのだ。

六日目の朝である。夜明けの勤行《ごんぎょう》を終え、竜泉は旅支度を整えた。それを矢内照謙と住持の日舜が山門に見送り、深刻な表情で立ち話をしている。

他の寺僧や寺男たちがその場にいないのは、すでに見送りをすませたからだけではなく、三人のあいだには最後まで余人に聞かれてはならない話があるためだった。いま日舜と一緒に山門まで見送りに出ている、矢内照謙の身の振り方についてである。

矢部定謙が矢内照謙と名を変えたのは、浄心寺に入ったその日のことだった。数日を過ごすうちに、なかにはそれと気づいた寺僧もいる。

しかし、

（あり得ぬこと）

と、気づかぬふりをするのが、浄心寺での決まりとする雰囲気が、自然に出来上がっていた。竜泉と一緒に山門をくぐったのは、あくまで矢内照謙という浪人であり、僧形を扮《こしら》えているのは、出家の準備よりも、

「修行のため」

である。

だから布袋の鋭吾郎の若い衆が、浄心寺の境内に聞き込みを入れたとき、

――矢内照謙という浪人者
と、そのほうを耳にしたのだ。

浄心寺の山門で、竜泉はなおも言った。

「そなたは矢部定謙どのではござらぬ。出家せず俗世《ぞくぜ》に身を置くも、定謙どのなる御仁はとうに鬼籍《きせき》に入っておざることを、桑名藩のためにも、そなたを神と祀った庄内藩の方々のためにも、ゆめゆめ忘れてはなりませぬぞ。それさえ厳守されるなら、拙僧は桑名に戻っても、ご家老の左右介どのに、ご安堵召されよと報告できるのです。そこを忘れませぬように」

矢部定謙あらため矢内照謙は無言でうなずき、日舜が代わって応えた。

「ご安堵なされよ。昨夜も話し合《お》うたとおり、あすよりは拙僧が竜泉どのに代わり、浄心寺の境内にあって、お目付役をいたすゆえ」

「お願いしもうす」

竜泉は言ったものの、やはり表情から懸念の色は消えなかった。

昨夜、あすは竜泉が桑名に発《た》つという日である。庫裡《くり》の奥の一室で、日舜と竜泉と矢内照謙の三人は、余人を遠ざけ遅くまで語り合った。

こたびの江戸下向《げこう》は、定謙が深川の浄心寺を、諸国行脚の起点にするためのものだった。桑名の斎量寺を発つとき、確かに定謙にその意志はあった。吉岡左右介もそれを感じたがゆえに、竜泉を付き添いに定謙が江戸へ出ることを認めたのだ。

だが、江戸へ入ったころには定謙からその意志の揺らいでいることを、竜泉は感じ取っていた。とくに浜松町での出来事が、定謙をいよいよ俗世に引き戻すきっかけになり、〝矢部定謙〟を捨て〝矢内照謙〟に名を変えてはいても、江戸見物の日々がさらに、その意志を照謙に強めさせたのを日舜も感じ取っていた。

だから日舜は言った。

「——いかがかな。当寺《うち》は檀家のための写経講《しやきようこう》や誦経講《ずきようこう》はあっても、檀家の子たちのための手習い処を持たぬ。そなた、やってみる気はござらぬか」

浄心寺が寺小屋を設け、それを矢内照謙に託《たく》そうと言っているのだ。照謙を俗世に触れさせず、寺内に引き留《とど》めておく、いま考えられる唯一の策である。

「——ほう」

と、照謙は興味を持ったが、

「——いま寺域でそれに使えそうな建物はなく、開設には相応の費《つい》えが入り用ではござらぬか」

「——なあに、そなたが懸念するには及ばず。矢部家の墓にそなたの俗名が刻まれたとき、盛大に永代供養《えいたいくよう》をしても使い切れぬほどのご喜捨《きしや》が、庄内藩からありもうした。子たちの幾十人も入れる手習い小屋を設け、そこにそなたの住まいを併設しても充分に賄《まかな》えるほどじゃ」

「——まことでござるか。浄心寺の新たな負担にはなりもうさぬか」

照謙は上体を乗り出した。竜泉の帰国したあと、浄心寺の寺僧や学生《がくしよう》たちとおなじ誦経に明け誦経に暮れる日々よりも、子たちを相手といえど手習い処の師匠であれば、それだけ俗世とつながりを持ちつづけることになる。遠いさきのことはともかく、当面の身の処し方としては悪くはない。

（――先祖の御仏《みほとけ》が用意してくれた、しばし心を落ち着ける機会）

竜泉は解釈し、ひと膝まえにすり出た。

日舜や竜泉にすれば、矢部定謙が矢内照謙と名をあらためただけでは安堵できない。その者を寺の中に留めておくには妙案である。だがそれは、開設してみなければわからない。

いま山門の下で、竜泉の出立《しゅったつ》を照謙と日舜は見送ろうとしている。日舜が竜泉に〝浄心寺の境内にあって、お目付役をいたすゆえ〟と言ったのは、このことだった。

日舜は竜泉を見送ったその日のうちに、寺の事務を掌《つかさど》る納所《なっしょ》に大工の手配を命じた。照謙も加わった。落成すれば、そこが自分の寝泊まりの場ともなるのだ。棟梁《とうりょう》が図面を引くとき、照謙はいろいろと注文をつけた。

竜泉が東海道を戻し、桑名城下に入ったのは江戸を発ってより七日目の夕刻だった。城下はずれの斎量寺に向かうよりも、まず家老の吉岡左右介の屋敷に向かった。やはり左右介は、きょうかあすかと竜泉の帰りを待っていた。居間に上げ

るなり、まだ旅装のままの竜泉に、

「して、定謙どのは恙無《つつがな》く諸国行脚に出られたか。それとも甲州の身延山に向かわれたか」

訊いたものである。

「そのいずれでもござりませぬ」

竜泉は応え、

「えっ」

と驚く左右介に、庄内藩が秘かに浄心寺の境内に矢部定謙を〝荘照居成〟という神として祀り、定謙も矢内照謙と名をあらためた経緯を語った。

「ほおう、神となり給《たも》うたか」

と、生身の人間としてふたたび俗世に出にくくなったことに、左右介も手を打って喜んだ。

しかし、浜松町や音羽町でのようすも聞けば、手放しで喜んでいるわけにはいかない。

竜泉がようやく旅装を解き、ひと息入れてから、

「実はのう……」

左右介は、竜泉が留守のあいだの斎量寺周辺の話をはじめた。

はたして、

「――お城で餓死されたとかいう、お江戸のお武家さまじゃにゃあかも……」

と、三月《みつき》も斎量寺の食客となり、竜泉とともに諸国行脚に出たという、教養も貫禄もあった僧形について、村人がうわさしはじめたという。

それが城下にも伝わり、藩士のあいだにも、

「定謙どのの死を疑う者が出はじめてのう。もちろんわしは否定しておる。じゃが、人の口に戸は立てられんでのう」

「さようなうわさが、江戸おもてへながれるようなことはありませぬか」

竜泉は困惑のなかに問いを入れ、

「定謙どのあらため矢内照謙どのは当面……」

と、ようやく浄心寺が境内に手習い処を設け、そこに手習い師匠として住まうことを告げた。矢内照謙こと矢部定謙を仏道に導き諸国行脚に送り出すことに失敗したのだから、江戸でのようすを話しながらもつい言いそびれていたのだ。

「えっ。まさか、そのままあの御仁は江戸の浄心寺に……」

竜泉の歯切れの悪さから左右介は事態の困難を予測はしていたが、いざ具体的

に聞かされたとなると、懸念が一気に膨《ふく》らむのを覚えざるを得なかった。

そこへ江戸家老の服部正綏《まさやす》の耳に、国おもてでささやかれているうわさが入ればどうなるか。

伊賀のながれを汲《く》む服部正綏である。藩邸からただちに探索の者が江戸市中に走るような、目立つことはしないだろう。幕府にはあくまでも秘匿し、一方においてて、矢部家の菩提寺が深川の浄心寺であることは、容易に割り出すだろう。当然そこへ、人知れず探索の手を入れる。江戸藩邸なら矢部定謙の顔を知っている者もいよう。正綏も当然知っている。手習い処の矢内照謙がすなわち矢部定謙であることに気づくのは、時間の問題といえようか。ついで祠の〝荘照居成〟がなんであるかも、日を経ずして気づくだろう。

左右介と竜泉は顔を見合わせた。左右介は表情に困惑の色を刷《は》いている。それは竜泉とておなじである。

「拙僧の力の至らなさゆえ、かような仕儀になってしまいもうした。ご家老、お家のためでござる。やはりこのことは、江戸おもての服部正綏さまに……。ご家老の下知があれば、拙僧がふたたび江戸に出向き……」

江戸から戻ったばかりの身で竜泉は言う。

（江戸家老の正綏さまに気づかれたなら……）

日舜と矢内照謙に見送られて浄心寺の山門を出たときから、この懸念が脳裡を離れず、桑名に近づく一歩ごとに増幅していたのだ。

竜泉の懸念は、服部正綏が知ったときに生じるであろう、吉岡左右介との確執もさりながら、正綏がお家のため、矢内照謙を秘かに亡き者にと断を下すかもしれないことである。

そうなるまえに、吉岡左右介を説《と》き伏せ、その下知を得て再度江戸に出向き、実は……と、経緯《いきさつ》を服部正綏に話し、浄心寺が死闘の場にならぬよう、

（なんとか説得したい。矢内照謙どのにはやはり、手習い処の師匠として浄心寺にいつづけるより、諸国行脚か身延山に入ってもらう以外にない）

もちろんその思いを、竜泉は左右介に話した。

「そ、それは……。うーむむむっ」

左右介は歯切れ悪く、思案に暮れるばかりだった。

（いまさらどう言えばいいのだ）

と、そうした消極的な思いだけでなく、幕府も主君の定猷《さだみち》公も、さらに周囲をも謀《たばか》った責任を一身に負い、

（切腹……必定《ひつじょう》か）

左右介の脳裡を幾度もよぎるのだった。

外はすでに暗い。その日、竜泉は左右介の勧《すす》めで家老屋敷に泊まり、さらに話し合ったが、結論は出なかった。

江戸藩邸はこのとき、浄心寺の動きをまったくつかんでいなかった。当然と言えば当然であろう。ご臨終の矢部定謙が蘇生していたなど、思いも寄らぬことなのだ。

だが、いずれの藩でも、江戸藩邸のうわさはやがて国おもてに、国おもての話題はやがて江戸藩邸に伝わる。互いに探りを入れ合っているのではない。江戸勤番の家臣が公用で国おもてに帰り、国おもての家臣が江戸へ出張《でば》るなど、珍しいことではない。そこに自然とそれぞれの話が出る。

――公儀から預かったお人が抗議の餓死を遂げ、城下はずれの寺で御仏の加護か、蘇生された由《よし》――

これほどの話題がほかにあろうか。それが江戸の服部正綏の耳に入るのはきょうかあすか……。あるいはすでに入り、半信半疑のなかに浄心寺へ探りをいれる算段をしているかも知れない。

四

すでに霜月《しもつき》（十一月）もなかばに入り、江戸も桑名も冬のなかにある。浄心寺の境内の隅で、灌木群を拓《ひら》いた一画での普請《ふしん》は着々と進んでいる。荘照居成の祠のすぐ近くだ。墓場を経れば居成の小さな鳥居の前を通ることになるが、普請場へ行くのにわざわざ墓場を通る者はいない。本堂の脇から行ける通路が設けられている。

完成すれば手習い子たちは本堂の脇を通り、参観の親たちもそこから先の灌木群にまでは入らず、小さな鳥居と祠のあるのに気づくことはないだろう。なにぶんその先は墓場なのだ。

荘照居成そのものが、人目を避けるように建立《こんりゅう》されているのだが、手習い処の普請はその意図を曲げるものではなく、むしろその存在を衆目から隠すような配置になっている。

檀家のあいだで浄心寺が写経や誦経の講だけでなく、子たちのための手習い処を開設することが早くも評判になり、

「ほう、近ごろ境内でときおり見かける、お侍とも儒者ともつかないあのお人がお師匠に……」

「話をしたことがありますよ。仏や神を大事にされる、なかなかの人物」

「なんでも、かつてお住と一緒に修行なされたとか」

と、檀家衆は語り合い、他所《よそ》の手習い処に子を通わせている親たちも、浄心寺に手習い処が開所される日を待ち望んだ。

檀家たちの言う〝かつてお住と一緒に……〟とは、先日桑名に帰った竜泉と混同しているようだ。

（それでよい）

と、日舜は否定せず、当の矢内照謙も、

「さようなこと、詮索《せんさく》は無用ぞ」

と、訊かれても曖昧《あいまい》に応えていた。

そうした姿勢がまた、儒者と思えば儒者のような、修験者《しゅげんじゃ》と思えば修験者のような、禄《ろく》を離れた浪人と思えばそのようにもと想像させた。

「いずれ日舜さまが呼び寄せられた、手習い処の師匠にふさわしいお方」

と、檀家のあいだで矢内照謙の人物像が定まり、期待されるところとなっていた。そこに矢内照謙を矢部定謙と結びつけるうわさなどながれる余地はなく、手習い処のすぐ近くの荘照居成と関連づける声もさらになかった。それもそのはずで、荘照居成の祭神を知る者は、浄心寺の檀家のなかにはいないのだ。

「ほう、浄心寺の境内に手習い処をのう。その師匠が、矢内照謙と名を変えた矢部定謙どのらしい？　またなにゆえ。それをこの目で、確かめたいものよ」

遠山家用人で臨時廻り同心の谷川征史郎の報告を受け、金四郎は深刻な表情で言い、

「生きて江戸に戻ったことをわしにまで秘匿するとは、意図は那辺《なへん》にありや。直接、質《ただ》したいものよ。桑名藩が幕府を謀《たばか》った経緯《いきさつ》ものう」

「御意」

征史郎は返した。

矢内照謙を訪ねたがっているのは、北町奉行の遠山金四郎だけではなかった。

「ちょいと布袋の親分さん。訪ねて行ってもよござんしょ。もう浜松町でのほとぼりも冷めていましょうから」

増上寺の門前町をねぐらにしている蔦田屋琴太郎も、まだあきらめずに言っていた。

鋭吾郎はそのたびにたしなめ、

「用心しなきゃならねえのは、役人の目だけじゃねえ。おめえはいま江戸に残っている数少ねえ娘義太夫の一人で、名も顔も知られてらあ。向こうの同業に、増上寺から縄張荒《しま》らしの前触れに来たと思われちゃ面倒なことになる。なあに、そのうち俺が向こうの同業と話をつけておかあ。それまで待ちねえ」

と、深川の浄心寺に矢内照謙を訪ねたいのは、琴太郎だけでなく、布袋の鋭吾郎も同様だった。浄心寺の檀家をとおしての聞き込みで、ちかぢか矢内照謙という寺の食客が、寺域内に寺子屋を設《もう》けて檀家の子たちに手習いを始めるらしいとの話は、布袋の鋭吾郎にももたらされている。鋭吾郎にすれば、

「あのお方、日蓮宗だったのかい。増上寺は浄土宗だが、門前町は宗派なんざこだわらねえ。こっちで開いてくださりゃあなあ。この町にも手習いをさせてえガキどもは、いっぺえいるんだが。場所くれえなら、いくらでも都合がつけられたによう」

と、あのとき無理やりにでも引き止め、行く末を訊かなかったことを、しきり

に残念がっていた。

　琴太郎はなおも言った。

「そのうちって、いつですよう」

「おめえ、聞いていねえかい。寺子屋だか手習い処だか名はどっちでもいいが、なんでも本堂からも庫裡からも他の僧坊からも離れた新たな建物で、こけら落としは間もなくだっていうじゃねえか。そのときにゃ、それなりに人の出入りがあらあ。そこに紛れりゃあ、向こうの同業も気がつくめえよ。面倒な手順を踏むこともねえ。詳しい日程を聞き出しておくから、そのときふらりと顔を出してみねえ。あとで俺も一升徳利《いっしょうとっくり》を提《さ》げて会いに行くからよう」

　店頭同士のあいだには、互いの縄張は侵《おか》さないという、役人の支配違い以上に厳しい掟《おきて》があるのだ。

　鋭吾郎が〝こけら落としは間もなく〟と言ったとおり、月が極月《ごくげつ》（十二月）にあらたまってすぐらしい。最後の鉋屑《かんなくず》を掃き出すことをこけら落としというが、建物はこれをもって落成とされる。

　琴太郎はつづけた。

「親分さん、矢内照謙さまとかに会えれば、まっさきにあの日のお礼をあらためて言うつもりですが、あのときの威勢のよかった兄さん、その後、町には来ませんか。その人にもまだお礼のひとことも言っていないんですよう」

「ああ、俺も気になっているが、どこの誰だかさっぱりわからねえ。あのように気風《きっぷ》のいいのは、うちの若い衆に欲しいんだがなあ」

鋭吾郎は応えた。琴太郎を助けるため役人に体当たりし、増上寺の門前町に逃げこんだものの、そのあと一度も鋭吾郎や琴太郎の前に姿を見せていない。江戸の町々を住み家にした、無宿者のようだ。ひとこと礼を述べたいという琴太郎も律義な娘だが、体当たりの若者も小気味のいい男のようだ。

(あの若者は……?)

と、矢内照謙もときおりそれを思い出し、竜泉に江戸案内をしながらも寺社の境内などで、あの者はおらぬかと笠の中から気を配ったものだった。最初からそうであったが、いずれかで一度会ったような気もする。それがいつどこで……考えれば考えるほど、思い起こせなくなるのだ。

浄心寺の手習い処に注目しているのは、遠山金四郎や布袋の鋭吾郎たちばかりではなかった。竜泉と桑名藩国家老の吉岡左右介が、秘かに懸念したとおりの事態が発生していた。

　はたして江戸家老の服部正綏が、国おもてでささやかれているうわさを耳にするところとなっていたのだ。

　江戸へ出向した藩士が、八丁堀の江戸藩邸に戻るなり、

「江戸のご家老へ直接話しておきたい、国おもてでのうわさがありまして」

　と、奥の家老部屋で余人を排し、

「本当かどうか、確認は取れておりませんが」

　と、そっと耳打ちするように矢部定謙生存のうわさを披露した。

　思いも寄らぬことに正綏は仰天し、

「そのこと、藩邸内においても他言無用ぞ」

「もとより」

　と、桑名藩士なら言われなくても、それがたとえうわさであろうと、外に洩れれば一大事との自覚はある。だから国おもてに出向した藩士も、正綏にお人払いを願い、耳打ちするように話したのだ。

　服部正綏は自邸の一室に閉じこもり、国家老の吉岡左右介に問い合わせの文《ふみ》を書きはじめた。だが、途中まで書くと筆をとめ、まるめて火中に投じた。

書状にして証拠を残してはならない。それにかくも重大な話を、国おもてから報せがないとは、

(左右介どのが極秘に仕組んだことか、よんどころない事情があってのことか)

苦悩する脳裡に、

(矢部家の菩提寺は深川の浄心寺……鬼籍に入れば、供養などを含め、なんらかの動きがあるはず。独自の探索に如《し》くはなし)

と、さすがに伊賀のながれか、藩の横目付よりも、自邸の用人を召した。

浄心寺では新たな手習い処を設け、矢内照謙なる人物が師匠に就くことを隠してはいない。むしろ檀家に広く知らせているのだ。聞き込みを入れればすぐにもそれは判るはずだ。

服部正綏なら、〝矢内照謙〟の名から〝矢部定謙〟に行き着くのは、そう困難ではないだろう。手習い処のすぐそばにある祠、荘照居成の由来を知るのも、時間の問題かもしれない。

五

極月（十二月）に入り、あすがこけら落としという日だった。手習い部屋だけでなく、居間や台所もあり、人がそこに住める構造になっていた。矢内照謙が望んだ造作《ぞうさく》である。

「お住、それがしはあすを待たず、今宵《こよい》から手習い処に移りますぞ」

「ふむ、よかろう。そうそう、手習い処は荘照居成を経て墓場と接しておる。そなたも話には聞いておろう。近ごろ墓場荒らしが横行しておる。それへの警戒もお願いしもうそうか。捕らえ、斬って捨てるは論外。追い払うか説諭《せつゆ》するか、すべてそなたの裁量に任せようぞ。元南町のお奉行であったそなたゆえ、名裁きを期待しようかのう」

「それを言い召さるるな、お住。まあ、気をつけてはおきましょうか」

冗談とも真剣ともつかぬ日舜の言いように、矢内照謙もまたどちらにもとれる返事をした。

墓場荒らしの横行していることは事実である。花盗人《はなぬすびと》などという優雅なものではない。墓参りがあれば、そこに煙草《たばこ》や食べ物、酒なども供《そな》えられる。それらを深夜に忍び込み、ごっそりといただいて帰るのだ。

そこが墓場であれば、警護というようなものはほとんどない。寺側も供物《くもつ》泥棒がいかなる衆か心得ているため、それしきの被害を寺社奉行や近くの自身番に届け出るようなことはしない。だから日舜も矢内照謙に〝すべてそなたの裁量に〟などと言ったのだろう。

捕らえて町の自身番に引き渡せば、その者らには百敲《ひゃくたた》きのうえ、人返しが待つことになろうか。ならば説諭をといっても、相手が飢えておれば、悪党を改心させるよりも困難だ。

「いかなる者たちか、直接会って話したいものでござる」

「拙僧もそう思う。そのまえに、いまは冬場ゆえ心配はいらぬが、夏場なら食あたりに注意してやらねばなあ」

照謙が言ったのへ日舜はうなずき、飢えた民への思いやりを口にした。

こけら落としはあしたである。居間にも手習い部屋にも新しい畳が入り、新鮮な香りがただよっている。

普請中、荘照居成の祠のすぐそばに、いったい何が建つのかと驚いた庄内藩士が物見《ものみ》に来て、檀家の子たちの手習い処と知って安堵していた。

静かな奥まった灌木群のなかに、ぽつりと祠が立っているなど、不気味で逆に人の興味を惹《ひ》き、あらぬ憶測を呼びかねない。すぐそばで子たちの声が飛び交っておれば、祠は町々の稲荷《いなり》のように、そこにあるのは当然と、訝《いぶか》る者はかえっていないだろう。

庄内藩士が遠目でちらと見た、軽衫《かるさん》に筒袖《つつそで》の手習い師匠が、荘照居成の祭神などとは、庄内藩士に限らず諸人《もろびと》の思いも寄らぬところである。

矢内照謙の名がすっかり板についた手習い師匠は、

「お住、ほんに世話になりもうした。というても、これからまだまだ世話になりましょうがのう」

言うと寺僧や寺男たちの手をわずらわせることなく、自分で蒲団《ふとん》や食器類を手習い処に運んだ。数人いる寺男たちは恐縮することなく、それを自然な姿と見ていた。矢内照謙はすでに食客でも客人《きやくじん》でもなく、寺の風景に溶け込んだ一人となっているのだ。

日常を手習い処に移しても、夕の勤行《ごんぎよう》には、一日の締めくくりとして本堂に上がり、寺僧らと誦経に没頭する。

それを終えたころ、外はすでに暗くなっている。提灯に火を入れ、白い息を吐きながら墓場を抜け、小さな鳥居の前を経て手習い処に戻る。常人には気味の悪い道順だが、照謙には自分が眠っている墓と、神として祀られている祠があり、わが庭のような気がする。同時にそれらは、自分が生身の人間として世に出られなくなったことを示すものでもある。

（まあ、よいわ。とりあえず幽霊となってご政道を見守っておれば、それなりに成すべきものも見いだせようか）

胸中につぶやいたときだった。

「ん？」

墓場の奥のほうに物音がし、なにやらの動いた気配を感じた。

提灯をかざした。野良犬か野良猫のようだった。

（墓場荒らしの衆よ、一人や二人ではあるまい。出るなら犬猫なんぞに負けちゃならねえぞ）

警戒よりも、なかば励ましていた。

墓場は庫裡から離れているが、手習い処からは荘照居成の前を過ぎればすぐだ。だから日舜は墓場荒らしの話をしたのだろうが、照謙にすれば住持から頼まれた仕事である。

一度眠りについたものの、小用を覚え目が覚めた。

「おお、寒い」

前《さき》の南町奉行で現在《いま》は神となった身で、厠《かわや》へ立つのに寒さを口にし、背をまるめて両腕で肩をかき寄せる姿など、他人《ひと》に見せられたものではない。

だがさすがに武士か、

（お住から墓場を頼まれている。きょうはその初日。ちょいと見てみるか）

提灯よりも木刀を手にした。

小用をすませ、墓場に入った。月明かりに墓石の一つひとつが、硬い影のように黒く立っている。冬の夜とはいえ、黒い墓石のあいだにボワと鈍《にぶ》く光り、白くゆらゆらと揺れる影があっても不思議はない雰囲気だ。

（いま出ているとしたら、その幽霊は、わしではないか）

鳥居の前を過ぎ、矢部家の墓の近くだ。

それが誘い水になったわけではないだろうが、夕刻に提灯を手に通ったときのように、

「ん？」

墓場の奥のほうに、なにやら動く気配を感じた。夕刻と異なるのは、それが犬や猫ではなく、明らかに、

（人の影、……それも数人）

いずれも提灯を手にしていない。

照謙は動きをとめ、目と耳を凝《こ》らした。

声まで聞こえてきた。

「お、兄イ。こっちの袋は米ですぜ。一升はあらあ」

「さっきのは生魚だった。犬や猫に持って行かれず、よく残ってたもんですぜ」

「あとは一升徳利でもありゃあ、今宵は仲間を呼んで酒盛《さかも》りだ」

「贅沢《ぜいたく》を言うな。これだけでもホトケにありがてえと思わにゃならねえ」

「へえ」

と、ひとまずの戦果はあったようだ。兄イと称《よ》ばれた男の声はまだ若く、返した声はさらに若いというより子供っぽい。

（……ん？）

木刀を手に照謙は、ふたたび小首をかしげた。その声に、聞き覚えがある。そ

れもつい最近のことだ。

浜松町の街道で、娘義太夫を助けようと捕方に体当たりし、増上寺門前の町場に逃げこみ、そのままいずこともなく立ち去ったあの若者……。

（また会えたか）

照謙は懐かしさを覚えた。

（あの若者、以前にも、いずれかで見覚えはあるのだが……）

と、浄心寺に入ってからも、ずっと気になっていた。

墓場荒らしを捕らえるというより、その疑念を晴らすため、

（会いたい）

意を決すると、木刀を左手に数歩前に踏み出て、

「おい、おまえたち」

「あわわっ」

「見つかったか」

あの若者の声だ。その場に緊張が走り、影どもは戸惑いを見せた。無理もない。戦果を手に引き揚げようとしたところへ、すぐ眼前の闇から落ち着いた声とともに、人影がにじみ出たのだ。

その者は、照謙の手の木刀を真剣と見たか、

「いけねえっ。相手は坊主《ぼうず》じゃねえ、侍《さむれえ》だ！　おめえら、逃げろっ」

「だども、兄イ！」

「早《はよ》う！　ここで捕まった日にゃ、人返しを喰らうだけじゃすまねえぞっ」

言うと若者はふところから匕首《あいくち》を抜き放ち、身構えた。

「兄イ！」

「外で待ってらあっ、逃げて来てくれっ」

いずれも十代なかばくらいの声だ。

「わしらっ、兄イとまた一緒にいっ」

浮足立ち、盾《たて》になった〝兄イ〟の背後で、ふり返りながら闇の中に消えた。逃げたのは二人だった。

匕首を振りかざし立ちはだかった若者を木刀でひと打ちし、逃げた二人を捕らえるのなど、照謙にすれば困難ではない。

だが、若者が言った〝人返し〟の言葉に、月明かりだけでは顔までは見えないものの、仲間を逃がそうとする男気《おとこぎ》と、無鉄砲だが敏捷《びんしょう》そうな身のこなしから、ハタと感じるものがあった。

「あのときの！」

思わず口から出た。娘義太夫を助けようと六尺棒の捕方に体当たりしたあの若者よりも以前、一年以上もまえのことだ。浜松町で見たその若者を、

（以前、会ったような……）

思い起こせないもやもやとしたものが一気に解消した。

（板橋宿《いたばししゅく》で……あのとき）

人返しの群れのなかにいた若者だった。

それがなぜ江戸に……？

水野忠邦の天保の改革は進んでいる。江戸市中での奢侈《しゃし》や風俗の乱れを取締るのは、南北の両町奉行所である。南町奉行は、まだ矢部定謙だった。北町奉行の遠山金四郎とならんで、閣老の水野忠邦にその行き過ぎを意見するのもまた、この二人だった。二人とも現場を知っているからだ。だが町奉行である以上、閣老の打ち出した政道は、批判しながらも実行しなければならない。江戸市中で無宿者をつぎつぎと捕らえ、片道の路銀《ろぎん》を与え、元の在所へ追い返す。その人返しは集中的に二波、三波とおこなわれた。捕らえた者たちをそれぞれの在所へ追い払うため、江戸四宿《ししゅく》といわれている東海道の品川宿、甲州街道の内藤新宿《ないとうしんじゅく》、中山《なかせん》

道《どう》と川越《かわごえ》街道の板橋宿、奥州《おうしゅう》街道と日光《にっこう》街道の千住宿《せんじゅじゅく》まで役人が引き立て、

「――さあ、おまえら。舞い戻って来りゃあ百敲《ひゃくたた》きだぞ」

と、まるで虫けらのように追い払う。

そうした人返しの現場を、南町奉行の矢部定謙は視察したことがある。

百人ほどをまとめて人返しというより、江戸から追放したときだった。中山道で川越街道の起点にもなっている板橋宿だった。

南町奉行所がお先手組《さきてぐみ》からも人数を借り、板橋宿の宿場外れまで無宿人たちを追い立て、つぎつぎと解き放つ。追い立てられる者には女もおれば、年寄りも子供もいる。役人の目を盗んでいま通り過ぎたばかりの宿場に逃げ込もうとする者、街道を離れて脇道に紛れこみ、江戸へ舞い戻ろうとする者もいる。そのたびに六尺棒の役人が走り、

「――つぎは斬り捨てご免だぞ」

女だろうが年寄り、子供だろうが激しく打ち据え、ふたたび街道に引き出し、

「――さあ、立ち去れいっ」

と、追い立てる。

その光景を陣笠のまま矢部定謙は馬上から、

（――あの者たち、喰えぬから郷里《くに》を捨てたのではないのか。いまさら郷里に戻しても、居場所はあるのか。人返しなど、江戸にとっても一時の気休めにしかならないのではないか）

ご政道に疑問を覚えながら見ていた。

奉行の周囲は、騎馬《きば》の与力たちが固めている。そうしたものものしい雰囲気に、高禄のお偉方とみたか、無宿者たちから罵声《ばせい》が飛んだ。

「――お役人よう、これがご政道かい。鼬《いたち》と狸《たぬき》の化《ば》かし合いだぜ」

「――そうよ、俺たちが狸なら、おめえさんら、もっと性質《たち》の悪い鼬だぜ」

「――なにいっ」

六尺棒の捕方が走った。

「――ひーっ」

「――痛《いて》ててっ」

打ち据えられ、悲鳴が上がる。

騒ぎの脇から飛び出した無宿者がいた。二十代もなかばと思われる。髷《まげ》はかたちを残さないほどに乱れ、着物もぼろ布《ぎれ》にひとしい。

「――へん。おかしいぜ。俺たちみてえな溢《あぶ》れ者《もの》が出ねえようにするのが、ご政道じゃねえのかい」

叫びながら騎馬の役人たちのほうへ駈けて来る。

「――こらあっ、お奉行に向かってなんたることをっ」

打込み装束《しょうぞく》に十手を振りかざした同心が声を荒らげ、数名の六尺棒とともに若者に襲いかかった。

「――お奉行⁉　これが、これがお上のやり方かいっ」

打ち下ろされた数本の六尺棒の下で、若者はなおも叫んだ。

「――これこれ、手荒なことはするな。治療代もやって放してやれ」

「――ははっ」

定謙の言葉に同心は捕方たちに六尺棒を引かせた。

若者はなおも叫ぶ。

「――本物のお奉行かい。治療代はもらうが、恩には着ねえぜ」

「――黙れ、黙れ！」

十手を振り上げた同心を、

「――これこれ、それ以上打ってはならん」

定謙は馬上から同心をたしなめた。

そのときの若い無宿者が、浜松町の街道で娘義太夫を助けようと捕方に体当たりした、あの若者だったのだ。

ということは、一度人返しに遭《あ》ったものの、

（また江戸に舞い戻った？）

その若者が、弟分であろう二人を逃がすため、抜き身の匕首《あいくち》を手に腰を落とし、定謙あらため照謙に向き合った。

背後の闇に、弟分たち二人の影は消えた。

若者は足音からそれを察したか、

「へん。刀が恐くって、ホトケのお下がりがいただけるかい」

匕首で戦う姿勢を崩していない。

（仲間が逃げおおせる時間稼ぎか）

照謙は解釈し、

「わしじゃ、わしじゃよ。それに、これは刀じゃない。木刀だ」

言いながら照謙は木刀を収め、落とした腰をもとに戻した。

事態の急変に若者は、

「誰、だれでえ。やっ、ほんとに木刀だ」

言うと匕首をふところに戻し、錫杖ではないがその木刀さばきに、

(もしや)

思い出したようだ。

「おめえさま、街道で見事な棒術を見せなすった、あの坊さん⁉」

言ったものの、一年以上もまえの板橋宿にはまだ結びつけていなかった。

「ふふふ、気がついたか。そのとおりじゃ。おまえはあのあとすぐ、増上寺の門前町も離れ、行く方知れずになったようだのう」

「御坊こそ、なにゆえここに?」

「ここがわしの住み家だからよう。さきほど二人逃げたようだが、それはもうよい。それよりも、おまえがなにゆえここに? 知りたい。寄っていかぬか。ほれ、この奥に新しい建物ができたじゃろ。そこがわしのねぐらだ。一人だから、遠慮はいらんぞ」

「へえ」

若者もあのときの僧形には興味がある。ふたつ返事で応じた。浄心寺に探りを入れていたわけではないから、手習い処などのうわさを若者は知らない。今宵みょうなかたちで再会したのは、たまたま照謙が手習い処へ入った日に、あのとき

の若者が墓場荒らしに入ったからのようだ。

そこに照謙は、御仏の導きとまでは思わないまでも、一期一会《いちごいちえ》ではないものを感じる。

若者もおなじように覚えたか、墓場を鳥居のほうへ進む照謙の背につづき、

「御坊、その形《なり》は……？」

月明かりにも僧形でないのが看《み》て取《と》れる。

「ふふふ、部屋に戻ればゆっくり話そう。それよりも、足元に気をつけろ」

「へ、へえ」

若者は返し、その背に歩を踏みながら、

（錫杖のときもそうだったが、木刀を構えたお姿のほうが、堂に入っておいでだった。まったく真剣に見えたぜ）

と、恐怖と畏敬《いけい》の念の混じったものを感じ取った。

小さな鳥居の前を過ぎた。

「えっ。こんなところにこんなのが……？」

若者はいま気づいたようだ。もちろん自分がいま、その鳥居の奥に祀られている祭神から声をかけられているなど、思考の範囲外のことだ。

その祭神が言った。

「最近できた祠だ。供え物があれば、持って行っていいぞ。賽銭《さいせん》ものう」

「えっ、ほんとですかい。い、いえ。そんな、罰当《ばちあ》たりなこと」

相手のあまりにもの鷹揚《おうよう》さに、若者はかえって戸惑いを感じたようだ。

「ふふふ。罰当たりと、自分でもわかっておるか」

「へ、へえ」

咎《とが》めようとしない相手に、若者はますます恐縮の態《てい》になる。真剣と思った相手に、匕首で立ち向かおうとした。それが木刀とわかれば、闇のなかに逃げ込もうと思えば、いくらでもその機会はあった。いまもそうだ。あたりは月明かりだけなのだ。侵入したのだから、逃げ道も知っている。だが若者は、自分でも不思議なくらい素直な気分になり、元僧形のあとにつづいた。

六

部屋の中である。燭台《しょくだい》に火は灯《とも》り、火鉢《ひばち》に深く灰をかぶせていた炭火を掘り起こし、しだいに暖が戻ってくる。

新しい木と畳の香がただよっている。庄内藩から喜捨《きしゃ》された、潤沢《じゅんたく》な資金を元手にした普請である。造作《ぞうさく》はしっかりしている。

照謙はまだ若者に名乗っていないが、火鉢の五徳《ごとく》に鍋《なべ》を載せ、熱燗《あつかん》の用意をしはじめた。

若者はほころびの目立つ、ぼろ布のような綿入れを着こみ、顔も首筋も手足も垢《あか》にまみれている。

「今宵はもう遅い。あすの朝にも寺僧に頼み、湯浴《ゆあ》みをさせてもらえ」

「へ、へえ」

若者はいっそう恐縮するように肩をすぼめ、

「御坊、いいえ、旦那、どう呼べばよろしいんで。いってえそちらさまはどのようなお人で、なんであっしなんぞにこうも親切にしてくださるんで？　木刀で打ち据え、町の自身番に引き渡してもおかしくねえはずでやすのに」

「あはは、そうしてもらいたいか」

「い、いいえ。あっしの覚悟したのと、まったく異なるものでやすから……」

「かえって戸惑いおるか」

「へ、へえ。そ、そのようなところで」

なかなか素直な若者のようだ。

「ははは、浜松町のときといい、きょうの場面といい、おまえの男気に感心しておるのよ。わしはなあ、坊主ではないが寺に縁が深《ふこ》うてのう」

そのはずである。この浄心寺にはおのれの墓と祠があるのだ。

つづけた。

「あのときはのう、この浄心寺にゆかりのある坊主とちょいと諸国行脚に出ておってのう。その帰りじゃった。江戸はおよそ半年ぶりでのう。ご政道のますます非道《ひど》くなっておるのは聞いておったが、そこで見せられたのが、罪もない娘義太夫を痛めつけようとしている役人の姿だ。それをおぬしが行きずりに助け、いずれともなく去って行った。あの男気、とくと見せてもろうた。増上寺門前の店頭たちの、思いも寄らぬ俠気《きようき》ものう。わしは思うたぞ、江戸の町もまんざら捨てたものじゃないとなあ」

「へへ、お恥ずかしゅうござんすぜ。旦那のほうこそあの錫杖のさばき、六尺棒の捕方なんざむろんで、どんな手練《てだ》れのお侍《さむれえ》でもかないやせんぜ」

二人とも正直な感想を述べている。

熱燗が出来上がったようだ。

部屋に酒の香がただよう。

「あっしゃあ、武州《ぶしゅう》は川越の育ちでやして……」

火鉢を挟んで二人はいま無礼講《ぶれいこう》にあぐらを組み、湯飲みで熱燗を酌《く》み交わしている。

若者が身の上を話しはじめ、最初の言葉で照謙は、

（ふむ。それで川越街道の起点になる板橋宿で、人返しの放逐《ほうちく》に遭ったのか）

得心した。

これでこの若者の来《こ》し方《かた》はわかった。放逐されるとき、奉行が直々《じきじき》に視察に来ているのを知り、

「――俺たちみてえな溢《あぶ》れ者が出ねえようにするのが、ご政道じゃねえのかい」

若者は絶叫した。

正論である。まさにそれが南町奉行たる矢部定謙の持論であり、北町の遠山金四郎もまたそうであった。定謙が罷免《ひめん》され、〝罪人〟として桑名藩お預けになったのは、三方領地替えをくつがえし、上知令そのものを頓挫《とんざ》させたことのみが原因ではなかった。この正論を定謙は、水野忠邦に直接ぶつけていたのだ。それも一因だった。忠邦の定謙への怒りを忖度《そんたく》した鳥居耀蔵が、おのれの出世のため、

つぎつぎと定謙の身に覚えのない罪状を捏造《ねつぞう》していったのである。

正論を吐き、捕方の容赦のない六尺棒をこの若者が受けた光景を、定謙あらため照謙はまざまざと見ている。

そのときの馬上の奉行が、自分といまあぐらを組んで対座し熱燗を酌み交わしている相手であることに、この若者は気づいていない。人返しのあと、ふたたび江戸へ舞い戻ったのであれば、そのときの奉行が〝罪〟を得て他藩へお預けとなり、その地で〝死去〟したことは、うわさには聞いていよう。だが、

『ほれ、わしじゃよ』

と、名乗りを上げるわけにはいくまい。話せば長くなり、荘照居成の由来にまで言及しなければならなくなる。

（二人のあいだに溝をつくらず、この者の男気を大事にしてやりたい）

判断した定謙あらため照謙は、

「おぬし、名は……」

問いを入れた。

「へえ、きすけと申しやす。字は箕《みの》に助と書きやすが、みのすけじゃござんせん」

「ほう、それで箕助《きすけ》と申すか。さような字をせがれに当てるとは、川越の出だと言うておったが、家は在所ではただの百姓じゃあるまい」

「へへ、ご明察で。村じゃ代々村方三役《むらかたさんやく》の百姓代でやした。そこの次男でやしたから、飢饉《ききん》のときにゃみずから口減《くちべ》らしのため外へ出なきゃならなかったんで。出るとなりゃあ江戸しかありやせん。だども、出りゃあ出たで無宿者でさあ。そこでおりからの人返しに引っかかり、放逐されたって寸法でやして」

（あのときじゃな）

照謙の思うなかに箕助はつづけた。

「帰《けえ》らなくても、在所のようすはわかりまさあ。俺の居場所はとっくになくなってるってことがさあ。それで放逐されたつぎの日に、また役人の目を盗み、江戸へ舞い戻りやした。するとあっしみてえなのがうようよいるじゃありやせんか。そのなかにゃ村は違いやしたが、おなじ国者《くにもの》もおりやしてね。それが十五、六のガキで、あっしについてまわるもんでやしたから、つい橋の下、寺の床下と寝食を共にするようになりやして」

と、その二人を無事に逃がした安堵感に、部屋の暖かさと熱燗が効いたか、箕助は冗舌《じょうぜつ》になっていた。

照謙は問いを入れた。

「箕助よ、おまえならあのとき増上寺門前の町に留《とど》まっていりゃあ、布袋《ほてい》の鋭吾郎一家のいい若い衆として迎えられたんじゃないのかい、そうすりゃあ弟分を引き連れて、墓場荒らしなどするには至らなかったのじゃないかな」

「ああ、あの店頭《たながしら》の一家ですかい。よく知ってまさあ。だども、へへん。どんなに飯が喰えても、あっしゃあ、やくざ者じゃござんせんぜ。無宿人でも堅気《かたぎ》でさあ。そのうち世の中が住みやすくなりゃあ、あのガキどもを引き連れ、お江戸と川越を結ぶ荷運び人足になり、そうした商いをするつもりでさあ」

と、箕助は将来への夢を語り、

「だからホトケのお下がりを頂戴《ちょうだい》しても、やくざの群れに身を落とすわけにゃいきやせん。このことは、あのガキどもにもちゃんと言ってありまさあ」

「ふむ、なるほど。したが、増上寺門前の鋭吾郎なる店頭。なかなかの気風《きっぷ》の男のようだぞ」

「わかってまさあ。だども、ああいうところに一度身を投じたんじゃ、そのときはよござんしょうが、やがては抜けきれなくなるものでやして。それを思やあ、ねぐらを橋の下やお堂の床下にしたほうが、さばさばしまさあ。それよりも旦那はいってえ、いかようなお人で……」

　と、箕助は、あと幾月かすれば総髪になりそうな、いまはむさ苦しいだけの照謙の頭に目をやった。

「これは申し遅れたわい」

　と、照謙は伸びた髪に手をやり、

「墨染の僧形で諸国行脚をしていたときは、剃《そ》りもしたが、わし自身は禄《ろく》を失《うしの》うた侍と思うてくれ。名は矢内照謙と申す」

「なるほど、矢内照謙さま。ご浪人さんでやしたかい。どうりで……」

　箕助は得心したように返し、照謙はつづけた。

「どこの家中？　まあ、昔のことじゃ。訊くな」

「へえ」

「それでじゃ、さきほども申したように浄心寺とは縁あって、新たにここで檀家の子たちの手習い処を開くことになってなあ。それでここへ住みついたところ、おまえたちが舞いこんで来たって寸法だ。あははは、御仏《みほとけ》も供物《くもつ》を犬や猫に咥《くわ》えて行かれるより、おまえたちに持って行ってもらったほうが世のためになると、お喜びじゃろ」

「へ、へえ」

箕助は酔いのまわったなかに、肩をすぼめ恐縮の態《てい》になった。

このとき照謙には、箕助の行く末にとって、すでに決めたものがあった。

七

翌朝早く、勤行《ごんぎょう》に入るまえの日舜に箕助を、

「以前、それがしの屋敷に奉公していた者で……」

と、引き合わせ、湯浴みをさせた。

寺男が袷《あわせ》の着物と帯を用意し、寺僧のなかになぜか髷を結《ゆ》える者がいて、箕助の頭を結いなおした。そのとき箕助は、寺僧に恐縮しながら言っていた。

「あの旦那は侠気のあるお人で、再会できてほんとに嬉《うれ》しいんでさあ」

「そうであろうのう」

寺僧は返していた。世辞ではないことを、互いに感じ取っている。

髷と身なりが整うと、

「ほう」

と、その姿は板橋宿や浜松町で出会ったときよりも、いい男っぷりになってい
た。住持の日舜には、
「この者、かつてわが屋敷に仕えておった中間《ちゆうげん》で、江戸へ戻ってより所在を探
していたところ、竜泉どのの江戸案内のときにたまたま町場で見かけましてな。
いやあ、無宿同然でしたわい。そこできのうつなぎを取りましてな、ここへ呼び
ましたのじゃ」
さすがに墓場荒らしの話はしなかった。
「あっしも旦那に再会できて、嬉しゅうございやす」
箕助は言う。辻褄《つじつま》は合っている。照謙がかつての奉公人を呼び寄せても不思議
はない。箕助が照謙との再会を喜び、安堵を覚えたのも事実である。髷を結って
くれた寺僧にも、箕助はそう話している。
日舜は言った。
「それは重畳《ちようじよう》。寺としても助かりもうす。まだ若いようだが、すでにいる寺男
たちとも、うまくやっていけそうじゃわい」
決まりである。照謙は日舜に、
「できれば手習い処に住みこみの、それがしの手足にしたいのでござるが」

と、申し入れたのだ。

その箕助を〝無宿同然〟と紹介したのは、実際にそうであったし、逃げた二人が箕助を手習い処に訪ねて来たときの用意でもある。元無宿者のところへ、若い無宿者が訪ねて来ても不自然ではなく、それによって箕助の以前を怪しむ者はいなくなるだろう。

朝のお勤めが終わり、一段落したあと境内はにわかに人の出入りが増えた。手習い処のこけら落としなのだ。とくに子をこの手習い処に学ばせることになっている親たちは、すでにいままで通わせていた手習い処から移る手続きを済ませており、あとはあすからの開所を待つばかりとなっているのだ。きょうはその一斉目見得《めみえ》である。

当初、檀家衆は、

「浄心寺の境内じゃ。手習い処といっても中身は子供向けの弘通《ぐずう》（布教）所かもしれませんぞ」

「わしらは浄心寺の檀家に違いないが、だからというて子供らを甲州の身延山に連れて行かれたのじゃ大事《おおごと》だぞ」

「そうですよ。あたしゃ商《あきな》いの跡取りを、僧籍に入れるつもりはありませんからねえ」

　などと、喜ぶよりもむしろ懐疑的だった。

　ところが内容を聞くに及び、日舜が出て来て子たちに説教を垂《た》れるわけではなく、師匠はいま寺の食客となっている、

「あの儒者のような矢内照謙さまとかいうご浪人のようだ」

「あのお方なら、一度境内で話をしたことがありますが、いやあ、もう仏道にも修験道にも武士道にも深く造詣《ぞうけい》がおありのお人じゃった」

　と、うわさされるようになり、日舜からも照謙からも、

「なあに、町場の手習い処と違いはござらん。読み書きと算術が中心じゃ」

　と、説明されるに及び、それならばと急に申し込みが殺到したのだ。

　もちろん〝ご浪人さん〟といえば、

（いずれの……）

　檀家衆にとっては気になるところだが、

「なあに、お寺の食客になられるお方じゃ。いずれそれなりのお方と思うが、詮索は無用ではないか」

　有力な檀家が言うに及び、前身を気にする者はいなくなった。それだけ檀家衆

の浄心寺への信頼は篤《あつ》いということであろう。

それればかりか、開所は年が明けてからといっていたのが、移籍をして来た子たちが増え、さっそくこけら落としの翌日、つまりあしたからということになったのだった。

それだけにこけら落としは単なるお祝いではなく、実務をともなう忙しいものとなった。そこへ箕助が降って湧《わ》いたのだから、寺にしてもさいわいだった。

寺では寺男と区別をつけ、手習い処の矢内照謙の奉公人であることを明確にするため、紺看板《こんかんばん》に梵天帯《ぼんてんおび》といった武家屋敷の中間衣裳《ちゆうげんいしよう》を用意し、中間用の脇差寸法の木刀まで調《ととの》えた。

似合った。その姿は、師匠が僧侶ではなく、浪人とはいえ奉公人を従えた武士であることを、檀家衆へ具体的に印象づける効果があった。

十二畳はある手習い部屋には縁側があり、灌木群を拓《ひら》いた庭に面している。そこにつぎつぎと親たちが子を連れて来る。親たちにすれば、目見得のほかに師匠の品定めも兼ねている。初めて話をする親たちも、

「うわさどおりですよう。お歳に似合わず凜々《りり》しく、威厳もおありなさる」

と、手習い処の庭から本堂の前に戻った女衆は、子の手を引きながら頼もしそ

うに言っていた。

挨拶《あいさつ》に来るのは、わが子を手習いに通わせる親たちばかりではなかった。ともかく目見得だけでもしておこうと、菓子折りを手に訪れる有力な檀家のあるじもいた。この日、誰が来てもおかしくはない。

町娘もいた。庭先から手習い部屋をのぞきこみ、

「あーら、やはりここでござんした」

娘は思わず声を上げ、

「増上寺門前の住人で知らせてくれる人がおりまして。もしやと思うて来てみたら、やっぱりあのときのお坊さま！」

蔦田屋琴太郎だった。といっても地味な着物に町娘を扮《こしら》え、あの煮売酒屋のおやじが付き添っていた。おやじは一升徳利を提げ、琴太郎は菓子折りの風呂敷包みを両手で抱えている。

知らせてくれた〝増上寺門前の住人〟とは布袋の鋭吾郎の配下で、こけら落としの日まで探りを入れていたのだろう。確かめに行きたいという琴太郎に、鋭吾郎が煮売酒屋のおやじを付き添いにつけたのだ。なるほど裏町の父娘《おやこ》に見える。役人の目も引かないだろう。

縁側から上がった来客の草履《ぞうり》を敷石にそろえ、お茶まで出していた中間姿にも琴太郎は声を上げた。ひと目で、あのときの若い衆と気づいたのだ。

他の来客の絶えているときである。三人は旧知のように語り合い、

「町でばったり出会《でお》うてのう。見どころのある者ゆえ……」

と、照謙が箕助を手習い処に入れた経緯を話すと、

「あら、それならあたしも女中として入りとうござんした」

琴太郎が言ったのは、決して冗談やお愛想《あいそ》ではなかった。

他の客がまた来た。帰りしな琴太郎は、

「そうそう、布袋の親分さんがよろしゅう伝えておいてくれ、と」

鋭吾郎はその言付《ことづ》けを託すため、琴太郎に煮売酒屋のおやじを付き添わせたようだ。一升徳利も鋭吾郎からのものだった。

矢部家がそうであったように、浄心寺には有力な武家の檀家も少なくない。いかような手習い処か見ておこうか、と用人を遣《つか》わして来た武家もあった。照謙はそれらに対しては、

「さる西国の浪人にて、矢内照謙と申す。浄心寺とは日蓮宗徒としての縁がござってなあ」

と、用心深く対応した。武士の体面であろうか、照謙にとって、目見得に来たのがいずれも用人であったのがさいわいだった。もしあるじが来ていたなら、矢部定謙を知っている者がいたかもしれない。

塗笠《ぬりがさ》を目深《まぶか》にかぶり、庭先まで来て笠の前をちらと上げ、手習い部屋の中をのぞきこむような挙措《きょそ》を見せた武士がいた。二人組だった。二人ともさらに一度、部屋の中の人物を確認するように笠の前を上げ、互いにうなずきを交わすと、部屋に上がることなく、そそくさと本堂の前に戻り、そのまま急ぐように山門を出た。

他の客と話しこんでいた照謙は気づかなかったが、

（ん？　みょうな素振りをしやがるじゃねえか）

と、縁側に出ていた箕助は気づき、二人組が背を見せるなり庭に下りて山門まで尾《つ》け、急ぐように出て行くのを慥《しか》と見とどけた。このとき箕助は自分以外にも奉公人がいたなら、躊躇《ちゅうちょ》なく二人組を尾けたことであろう。江戸に用心深く生きてきた、箕助ならではの勘である。

午《ひる》すこし前、ようやく客足は途絶えた。

「旦那さま」

と、さっそく箕助は気になっていたその二人組のようすを照謙に話し、

「考えれば考えるほど、あとを尾けられなかったのが、すごく残念だったように思われてきまさあ」

つけ加えた。

「うーむ。わしを探りに来たと申すか」

「へえ、そのようにも……」

問い返した照謙に、箕助は感想を口にした。

尾けておれば、その二人組がいずれの屋敷から来たか、突きとめていたことだろう。

（うーむ）

箕助の勘働きには照謙にも、
と、二人組に対し興味を喚起させるものがあった。

八

塗笠の二人組が帰ったのは、日本橋を経てすぐの八丁堀に見える、重厚な門構えの大名屋敷だった。桑名藩の藩邸である。

——矢部定謙は生きている

国おもてからのうわさに、江戸家老の服部正綏《まさやす》は、自邸の用人に浄心寺を探らせ、手習い処のこけら落としの日もつかんでいた。

さらに思案のすえ、江戸藩邸の密偵を国おもてには内緒で領内へ放っていた。伊賀のながれを汲む正綏の密偵であれば、情報収集に優《すぐ》れた技能を備え、持ち帰った探索結果は正確だった。

——矢部定謙どのは生きて斎量寺の食客になり、住持の竜泉と諸国行脚に出かけ、このほど竜泉一人が戻りたり

藩の存亡に関わることであれば、正綏はいっそうの苦悩のなかに熟慮を重ね、手習い処のこけら落としの日に放ったのは、自邸の用人ではなく藩邸の横目付《よこめつけ》だった。横目付は藩士の行状を探索する一群であり、極秘の動きに慣れている。放

たれたのは二人、矢部定謙を藩邸から国おもてへ護送する際、牢から罪人駕籠へ移すのに立ち会い、定謙の顔を知っている。

定謙にすれば、桑名藩邸の庭で罪人駕籠に乗せられたとき、警戒に当たってい た桑名藩士たちの顔をいちいち覚えていない。浄心寺への探索に、この二人はいま考えられる最も適した人選だった。

二人はこの日、誰はばかることなく浄心寺に入った。笠の前を二度も上げ、うなずきを交わしたのは、

（あれに在《おわ》すは、矢部定謙どのに間違いござらぬ）

と、その確認のためだった。

だから箕助が二人を尾けていたなら、八丁堀の桑名藩邸に入るのを確認したはずである。矢部定謙あらため矢内照謙がにわかに興味を覚えたのは、それを予測したためだった。同時にそれは、

（江戸家老の服部正綏どのはどう出るか……）

それへの警戒でもあった。

（よもや水野忠邦に、通報したりはすまい）

そこは確信している。通報すれば、桑名藩も照謙と一蓮托生《いちれんたくしょう》の罪を背負うこ

とになるのだ。

(ならばいかように……)

恐怖を覚えてくる。浄心寺にも、多大の迷惑をかけることになる。

「箕助、その二人、また来ないか注意しておいてくれ。二度目は夜か、あるいは変装しているかもしれんぞ」

「へい、がってん」

箕助は返した。

人の出入りの多いなかに、手習い処を垣間見る《かいまみる》ようにのぞき、さっさと引き揚げた武士は、桑名藩の横目付だけではなかった。もう一人いた。これは箕助も気づかなかったようだ。

遠山家の用人で、北町奉行所の臨時廻りを兼ねている、谷川征史郎である。途笠の前をすこし上げ、

(もう間違いない、生きておいでだ)

一人うなずき、

『お懐《なつ》かしゅうございます』

と、声をかけたい衝動を抑《おさ》え、匆々《そうそう》に引き揚げた。

もちろん向かった先は、呉服橋御門内の北町奉行所である。着ながしに黒羽織の同心姿ではない。袴《はかま》を着け、旗本かいずれかの勤番侍のようすを扮《こしら》えている。金四郎の密命を帯びた、隠密廻りである。

奥の一室に余人を排し、

「して、いかようであった」

金四郎は征史郎を迎えた。低声《ここえ》で膝がすれ合うほどに、二人は顔を寄せた。

「もはや間違いありませぬ。話に聞く矢内照謙さまなるお方が、矢部定謙さまにございます。それに不思議なことがひとつ、あのとき浜松町の街道で役人に体当たりした若い町人が、中間姿で手習い処の奉公人になっておりました」

「ほう。ならばあのときの娘義太夫はいなかったか、たとえば女中として」

「それは、見かけませんでした」

どうやら琴太郎と煮売酒屋のおやじは、広い浄心寺の境内で時間的にもすれ違いになったようだ。

それよりも、金四郎にとっては定謙が生きて江戸に舞い戻っていたのなら、

(なにゆえ、わしにつなぎを取らぬ)

疑念はそこである。定謙も生きているなら、まっさきに金四郎に事情を説明したがっているはずである。金四郎はいま深川に飛んで行って、直接質《ただ》したい衝動を抑えている。

しばし黙考《もっこう》し、

「征史郎よ」

「はっ」

「やはり定謙どのには、世間に隠したいことがあるのじゃろ。照謙どのと申したなあ」

「御意」

「いましばらく、当人にはむろんその中間にも覚《さと》られぬよう、浄心寺から目を離さぬように」

「ははっ」

征史郎は両の拳《こぶし》を畳についた。

浄心寺では一段落ついた午過《ひるす》ぎ、日舜が手習い処をのぞきに来ていた。

「ふむふむ、出だしは好調なようだのう」

目を細めたのへ、

「あまり評判になるのも、考えものでござるよ」

照謙は返した。これから起こり得る事態を、念頭に置いた言葉だった。

三　うごめく者たち

一

「ほおう。このイロハ文字、よう書けておるぞ。つぎは〝色は匂《にほ》へと散りぬるを〟と、漢字をまじえてみようか」

「はい、お師匠さま」

年明けを待たず、極月《ごくげつ》（十二月）上旬に浄心寺の手習い処は動きはじめた。十二畳の部屋に、二十人近くからの出発となった。新たな手習い処としては、順調なすべり出しである。

「朋《とも》有《あ》り遠《とお》きより方《なら》び来《き》たる　亦楽《またたの》しからずや」

「よし、なかなかいいぞ。論語もなあ、和歌のように情景を思い浮かべながら声に出せば、また楽しからずや、いっそう身につくぞ」
と、手習い子は七歳から十五歳までと多彩であり、読み書きからの子、算術を
しっかり身につけたいという商家の子、論語をはじめ四書五経《ししょごきょう》など漢籍の素読
に熱中する子と、学ぶ内容も多岐《たき》にわたった。
火付盗賊改方《ひつけとうぞくあらためがた》長官、大坂西町奉行、勘定奉行、江戸南町奉行と、幕府の要職
を務め上げてきた人物が、町衆の年齢の異なる子たちの手習い師匠になった。や
ってみると、意外とおもしろい。日舜には安堵させるため、
「――町場の子たちの成長を見守るのも、けっこう楽しいものでござるなあ」
と、言っていたが、ほんとうに照謙はそこに充実したものを感じていた。
（かような思いに浸《ひた》れるのは、神とも祀《まつ》られるような幽霊になったからかのう）
思わず自分の足をさすり、
（ちゃんとついておるわい）
秘かに苦笑したものだ。
縁側から障子《しょうじ》越しにだが、見学に来る親もいた。
中間《ちゅうげん》姿の箕助《きすけ》はそれらに茶を出しながら、
（あの塗笠の侍《さむれえ》二人、形《なり》を変えているかもしれねえぞ）

と、気を配っていた。

そのようななかに、灌木群《かんぼくぐん》のほうから手習い処をのぞいている二人組を見つけ、

「ほう、来たな。待ってたぞ」

中間姿の箕助は、灌木群に向かって手招きした。

二人は灌木群からおずおずと出て来た。こけら落としの前夜、箕助と一緒に墓場荒らしを仕掛け、逃げ延びた二人だ。髷《まげ》こそ結っていなかったが、股引《ももひき》に腰切《こしきり》半纏《ばんてん》を三尺帯で締めた、職人姿を扮《こしら》えていた。これなら町を歩いていても、人返しの無宿人狩りに引っかかることはないだろう。

手習い処の縁側で、箕助は弟分の二人にあのあとの経緯《いきさつ》を話し、弟分たちも、

「さようでしたかい。もしやと思うて物見《ものみ》に来たら、兄イがその格好《かっこう》で無事そうなのを見て安心しやした」

と、心底から安堵した表情を見せた。角顔で何事も前向きに見えるのが耕作《こうさく》で、丸顔でおっとりしたのを与作《よさく》といった。いずれも十五歳で、在所は箕助の近くの村で、二年まえの飢饉《ききん》で村を捨て、江戸へ出て来て無宿者になり、巧《たく》みに無宿人狩りの網をかわしていた。

「ところで、その職人姿はどうしたんでえ」

「へえ、実は……」

聞けば浄心寺から逃げたあと、ともかく深川を離れ、身の安全のため増上寺の門前町に逃げ込んで布袋《ほてい》一家に助けを求め、いまは股引と腰切半纏を借りて職人姿を扮え、箕助兄イのその後を確かめに来たという。

「馬鹿野郎！」

箕助は二人を叱《しか》った。箕助に怒鳴《どな》られた理由を、二人は解していた。二人とも布袋一家の若い衆への道に、一歩踏込んだのだ。

箕助は耕作と与作を留め置いたまま、照謙が手習いを終えるのを待った。二人の身のふり方を相談するためだった。

照謙は手習い子たちの帰った広い手習い部屋に、耕作と与作を上げた。照謙の前で二人は消え入るように畏《かしこ》まっている。

話は早かった。布袋の鋭吾郎はすでに、箕助が浄心寺の手習い処で師匠の矢内照謙に奉公していることを、琴太郎から聞いて知っている。鋭吾郎にとって、照謙も箕助も強く興味をそそられる人物である。

箕助が耕作と与作をともなって増上寺門前の町に出向き、布袋の鋭吾郎に会って二人を堅気《かたぎ》の仕事に就けるよう依頼する。そこに〝よしなに〟と一筆認《したた》めた照謙からの文《ふみ》を添えれば、鋭吾郎はなんらかの返事をして来るはずだ。

その日のうちに箕助は増上寺門前の町に行った。箕助が来たのを鋭吾郎は喜び、ひと晩泊まっていくよう勧《すす》めたが、

「いえ、あしたの朝も手習い処の仕事がありやすので」

と、提灯《ちょうちん》だけを借り、耕作と与作をひとまず布袋の鋭吾郎に預け、一人で帰った。

蔦田屋琴太郎が地味な町娘風を扮《こしら》え、

「布袋の親分さんは承知なさんして、門前の町場で他所《よそ》さんにも出向く荷運び屋をやっている人がいて、そこに話をつけようとのことでした。おそらく耕作さんと与作さんは、そのほうに住み込むことになりましょう。あの荷運び屋のおじさん、以前から若い手を欲しがっていなさんしたから。そうそう、耕作さんと与作さんも一段落つけば、また旦那に挨拶に来たいと言っておりました」

と、わざわざ浄心寺の手習い処まで伝えに来たのは、その翌日だった。

ということは、すでにその荷運び屋とは話がついているのだろう。どうやら寺

社の門前に逃げ込んで来るような若い者で、荷運び人足という地味な仕事をしようという者など、そうはいないようだ。

さすがに鋭吾郎の動きは迅速だ。琴太郎も鋭吾郎に言われたのだろう、浄心寺へ遣《つか》いに来たのを喜んでいるようだった。

照謙は耕作と与作の行く末を見とどけたくなり、

「ふふふ」

と、墓場のほうへ向かう嶌田屋琴太郎の地味なうしろ姿を見送り、ふと口元をゆるめた。琴太郎は荘照居成の前を通るだろう。

（あら、こんなところにお稲荷さんが）

と、胸中に手を合わせても、奥の扁額《へんがく》にまで注意を向け、祭神に興味を寄せることはなく、数ある墓のなかで矢部家の墓に関心を持つ気配もなかった。琴太郎にとっては、浄心寺の手習い処の師匠はあくまで矢内照謙であり、あのときの饅《まん》頭笠《じゅうがさ》の御坊なのだ。これについては、箕助も布袋の鋭吾郎もおなじである。つまり、照謙の素性《すじょう》に気づいていない。

照謙が口元に浮かべた笑《え》みには、満足感が乗せられていた。

つい半年ほどまえまで照謙は、閣老の水野忠邦や目付の鳥居耀蔵らと渡り合い、大名や高禄旗本と親交を重ねていた。ところが現在《いま》周辺にいるのは、娘義太夫の嶌田屋琴太郎にやくざ者の布袋の鋭吾郎、つい先日まで無宿者だった箕助、その弟分の耕作に与作たちとなっている。

（俗世《ぞくぜ》に、どっぷり浸かってしまったなあ）

などと思えてくる。

二十人近くの手習い子たちもいずれ町場の子たちで、すぐに一人ひとりの名はむろん性格や家の環境まで、すべて大事なこととして念頭に刻みこまれたのも、

（幽霊になったからかのう）

と、その環境の変化に満足を覚えているからだろう。

しかし、それが望むところかそれとも意に反してか、手習い処が照謙に用意していたのは、ゆったりとした環境のみではなかった。

二

手習い子のなかに、

（ん？　あの子……、いつもと異なるような）

と、行く末を見守るよりも、現在《いま》が気になる子がいた。

浄心寺の裏手になる山本町《やまもとちょう》の八百屋の娘で、おサキという七歳の女の子だった。

他所《よそ》の手習い処に通っていたのが、菩提寺の浄心寺にできたのなら、と移って来た子で、読み書きはすでにできるようになっていた。

〝いつもと異なるような〟といっても、師匠になったばかりの照謙が、おサキの以前を知るはずがない。だが朝来たときから打ち沈み、ときおり叫び出すかと思われるような衝動を懸命に堪《こら》えているようすから、それが日常のものではないと直感し、

（最近のことに、なにか原因がありそうな……）

と、推測したのだ。

両親の仲が急に悪くなったときなど、子はそれを他所には言えず、現状を否定したい思いが症状になってあらわれたりすることなど、照謙も一応知っている。手習い子のなかにおサキと仲のいい子もいるが、

（下手をしておサキの気持ちを乱すようなことがあってはならぬ）

と思い、箕助が来るまでなにかと手習い処の世話をしていた寺男に訊くことに

した。平十《へいじゆう》といった。五十がらみでよく気が利《き》き、檀家のようすにも詳しかった。

「ああ、裏の八百屋さんかね」

と、平十は厄介《やっかい》なことを訊かれたように、眉間《みけん》に皺《しわ》を寄せた。

屋号はあるのだろうが山本町に八百屋は一軒しかなく、浄心寺に毎日野菜をとどけており、〝裏の八百屋さん〟もしくは〝山本町の八百屋さん〟というほうが、浄心寺をはじめこの界隈《かいわい》では通りがよかった。

手習い処の縁側である。縁側に腰かけず自然な立ち話で、深刻な話をしているようには見えない。

「なにかあるようじゃな、あの八百屋に最近、家の浮沈《ふちん》に関わるような大きな出来事《しゆつたいじ》でもあったかな」

照謙は平十の話しやすい雰囲気をつくった。

平十は話した。

「へえ、ご明察で。あの八百屋のおサキちゃん、もう来られなくなるかもしれねえので」

「どういうことだ。手習い処は始まったばかりだぞ。詳しく申せ」

手習い処はいずこも朝五ツ（およそ午前八時）に始まり、昼八ツ（およそ午後二時）に終わる。だから昼八ツの時ノ鐘やいずれかの寺の打つ鐘が聞こえて来ると、江戸の町であちこちの手習い処から子たちの歓声が上がる。

この光景ばかりは、浄心寺の手習い処も初日からおなじだった。浄心寺でも鐘は打っていて、ことさら大きく響く。子たちの歓声もそれに負けまいと、さらに大きなものだった。

そのようななかにおサキは声も上げず、手習い部屋から縁側に飛び出る群れからも離れていた。

その光景がさきほども見られた。手習い帳をひるがえしながら本堂のほうへ駆けて行く一群に、おサキは一番うしろからついて走っていた。

（なにかに怯《おび》えている）

親の虐待かと思ったが、目見得のときには父親の茂市郎《もいちろう》と母親のお栄《えい》に手を引かれて来たのだ。二人のおサキへの溺愛《できあい》ぶりからしても、奥向きに問題があるなどとうてい思えない。

手習い部屋のかたづけをすませた箕助が縁側に出て来て、

「おや、平十さん。おいででやしたかい」

と、話に加わった。

平十はうなずき、照謙の問いに応えた。

「山本町から来ているのは、おサキ坊だけではござんせんが、間もなくその子らも来られなくなりやしょう。山本町のお人ら、いまのまま町に住みつづけられるかどうか、それが危うくなっているのでさあ」

「えっ。なんですかい、それって」

問いを入れたのは箕助だった。

照謙も、

「ますます判らん。さあ、詳しく申せ」

「へえ。町の住人の多くが立退《たちの》きを迫られ、すでに引っ越した家もありやして、そのなかには浄心寺《うち》の檀家のお方もおいでやした」

「浄心寺の檀家も？　ならば、お住はそれをご存じなのか」

「へえ、わしより詳しく。だども、あの町は浄心寺の地所ではなく、檀家の困難を見ながらも如何《いかん》ともしがたく、悔しがっておいでてござんした」

「うーむ、なにやら根が深そうだなあ。箕助」

「へえ」

「なにか聞いておらんか」

「旦那、あっしは此処《ここ》に入《へえ》ったばかりですぜ。手習い子のなかでおサキ坊だけが沈んでいるのは気づいておりやしたが、家のことはなにも」

「そりゃそうじゃのう。よし、お住に訊いてみよう。手習い子の悩みは師匠として捨ておけぬ。七歳の子供ならなおさらだ。箕助、ついてまいれ」

「へいっ」

照謙はその場から箕助をともない、庫裡《くり》に向かった。

日舜は本堂で檀家の法要に一段落つけ、あとは寺僧に任せ、庫裡の一室で小休止をとっていた。

話を聞き、

「やはり、そなたも気づいたかのう」

「そなたもとは？　おサキはそれがしの手習い子でござるぞ」

「あの八百屋のことだけではない。拙僧の言うておるのは、山本町全体のことじゃ」

「だから、あの町がどうかしたんですかい」

問いを入れたのは、照謙のうしろに座していた箕助だった。中間があるじとおなじ部屋に上がるなど、武家ではあり得ないことだ。だが照謙はいまは軽衫《かるさん》に筒《つつ》袖《そで》を着こみ、刀を帯びていない。しかも寺であれば、おなじ部屋に中間姿の奉公人が座していても奇異ではない。だがさすがに足を崩すことなく、端座の姿勢をとっている。

日舜はその箕助の問いに応じた。

「そなたは手習い処に入ってより日も浅く、照謙どのは竜泉どのが国許《くにもと》に発《た》たれて以来、一歩も寺から出ておいでじゃないから、耳にしていないのも無理はないがのう」

「だから、詳しく話されよ」

照謙はさきを急《せ》かした。

が、日舜の歯切れは悪かった。

「今年の年明け早々じゃった。いまはすでに極月ゆえ、降って湧いたようなこの揉め事も、すでに一年近くになりもうす」

「だから、いかようなことでござろう。おサキの実家だけでのうて、山本町すべてが係《かか》り合《お》うている揉め事とは」

「立退きじゃよ。それもほぼ町ぐるみでのう」

「町ぐるみで？　なんですかい、それ」

と、箕助。照謙も、にわかには理解しがたい表情になり、日舜の皺《しわ》を刻んだ顔を見つめた。その視線に日舜は応えた。

「いずれかの武家より、今年の年明け早々に山本町のかなり広い範囲に、立退きを迫る通達がありましてなあ。その武家は住人らの知らぬ間に一帯の地主や家主らと、住人が立退き次第その土地を買い取るとの約定《やくじょう》を交わし、正式な証文もあるそうな。そうであれば、浄心寺が隣接した土地というだけで、口を差しはさむことはできぬ。そうした揉め事は、町奉行所の管掌《かんしょう》ゆえのう」

「然《しか》り。なれどそれが理不尽なものであり、しかもそのなかに檀家がいるとなれば、そこからの依頼を受けたとして糾《ただ》すことはできましょう」

「相手は武家ですぞ。管掌は目付であり、土地の支配は町奉行所でござる。寺が関与すれば、支配違いのこととしてはね返されるは必定《ひつじょう》」

「それも然り。で、その武家はいずれの？　浄心寺の檀家でなくとも、日蓮宗の宗徒であれば宗門をつうじ、関与の道もありましょうに」

「もちろん、それはやりましたじゃ、途中まではのう。地主らに土地買取りの約定を書かせたのは、垣井修介《かきいしゅうすけ》どのと申されてなあ」

その名に、

（なんと！）

照謙は胸中に声を上げた。箕助を思い起こすのにはずいぶんと時間がかかったものだが、垣井修介の名を聞き、その面相を思い起こすというより目の前に迫って来たのは、瞬時のことだった。

だが日舜に心配をかけてはならない、と照謙は素知らぬふうを装《よそお》った。

日舜はつづけた。

「そのお人は、浄心寺の檀家でも日蓮宗徒でもござらなんだ。拙僧はその武家と一面識もなく、係り合うきっかけすら見いだし得なんだ」

「なるほど。したが、お住としては仕方のないことでござろうが、それがしにとっては手習い子が一人、心を乱されておるのですぞ」

「そなた、山本町の件に、関与いたすというか」

日舜の言葉には、困惑が感じられた。竜泉から頼まれたのは、照謙が俗世に係り合うことなく、修行僧として諸国行脚に出るか修験者として身延山に入るのをうながすことであった。至難の業《わざ》である。早くも日舜の懸念していた事態が、起きてしまったのだ。

照謙は言った。

「すき好《この》んで、町場の揉め事に踏込もうというのではござらぬ。手習いの師匠として、苦境にある子をなんとか救いたい……。その一念でござる。それ以外のなにものでもござらぬ」

「うむむ」

日舜は返す言葉を持たなかった。だが、ただひとこと、

「過ぎてはならぬぞ。身のほどをわきまえられよ」

すでに竜泉との約束を守ることは困難となり、あとはただ当人の自覚と自制に期待するしかない。

「心得ております る」

照謙は返した。日舜から〝過ぎてはならぬ〟と注意のあったことは、

──分《ぶん》を過ぎざれば、関与するもよし
とのお墨付きをもらったも同然と解釈できる。日舜にも、その意志があったのかも知れない。

手習いを終えてから、まださほどの時間を経ていない。外はまだ充分に明るい。照謙はその場で箕助に命じた。

「念のためだ。そなた直接山本町に聞き込みを入れ、どれだけ切羽詰《せっぱつ》まった事態になっているか探ってまいれ」

立退きの話があって以来、すでに一年近くが過ぎている。しかも住人の立退きの完了を買取りの条件にしているのなら、地主らは住人たちにかなり強圧的に出て、買取り側の名義人である垣井修介なる武士も、さまざまな手を用いて住人に圧力というより、嫌がらせを仕掛けているであろうことが予想される。そのようすを探ってまいれ、と照謙は命じたのだ。

「がってんで。いえ、承知」

中間姿の箕助は返し、腰を上げその場から山本町に向かった。

庫裡の一室には、照謙と日舜の二人が残った。

「つかぬことを訊くようだが、まえまえから気になっておってのう」

「なんでござろう」

日舜が真剣な顔で言ったのへ、照謙も畏《かしこ》まった表情で応じた。

「箕助が元奉公人などではなく、根っからの無宿であったことは見ればわかる。ただの無頼ではないこともなあ」

「ほう、お住もそう思われるか。見どころのある若者ゆえ、縁あってわしが引き取りもうした。それがなにか？」

「あの者、知っておるのか、そなたの素性を」

「話しておりませぬ。気づいてもおりませぬ」

「ふむ」

日舜は安堵したようにうなずき、

「当寺においても、拙僧を含め寺僧から学生《がくしょう》、さらに寺男にいたるまで、知らぬことになっておる。当寺から洩れることはない。そこは安堵なされよ」

いまさらながらの言葉のようだが、それは早くも世事《せじ》に係り合おうとしている照謙へ、行き過ぎぬようにとの注意であり、牽制でもあった。

三

聞き込みに出向いた箕助の成果は思いのほか豊富で、しかもそれらは成果などというより、箕助にとって強烈な体験となっていた。

山本町に立退きの話が降って湧いたのが一年近くまえで、町内で更地《さらち》になったところはまだ一坪もないものの、それを待つ地所がところどころにでき、いっこうに前へ進まないのは、住人が劣勢ながらもなお根強い抵抗をつづけていることを示していた。

武家屋敷に奉公する中間姿で、箕助は山本町に入った。墓場荒らしで浄心寺を下見したとき、一応周辺を歩いたが、裏手でしかも壁ひと筋を隔《へだ》てただけの町場に足を入れるのは初めてである。

おサキの八百屋は、寺男の平十から聞いていたのですぐにわかった。表通りに面した五軒つづきの二階建ての長屋の一軒だった。一階が商舗《みせ》か仕事場で、二階が家族の住居になっている、俗にいう表店《おもてだな》である。八百屋のほかに乾物《かんぶつ》屋、醤《しょう》油《ゆ》屋、豆腐《とうふ》屋など、その土地に密着した商舗が暖簾《のれん》を出している。

脇に路地があり、入ればそこにも長屋がある。路地裏の長屋はいずれも平屋で、職人や行商人など出職《でじょく》や出商《であきな》いの独《ひと》り者《もの》や家族が暮らしている。裏手にあるため、人々はそれを裏店《うらだな》といっている。

その路地に足を踏み入れ、

「どうした？　これは！」

箕助は首をかしげた。人通りがないわけではない。だが、静まり返ったなかに緊張感がただよっている。そうした空気に、無宿者は敏感である。江戸の町はいまどこへ行っても閉塞感《へいそく》と、抑圧された息苦しさを覚えるが、山本町の空気は、それらとはまた別種のもののように思えた。

おサキの八百屋がある表店の近くで、聞き込みを入れた。というより、たまま通りかかった、きわめて地味な着物で髷《まげ》も鬢《びん》のほつれが目立つ、くたびれたおかみさん風の女に問いを入れた。

「すまねえ、ご新造《しんぞ》さん。わしゃあ、この町は初めてなんだが、いつもこうなのかい。その、なんだ……、ピリピリとした、この空気」

おかみさんは足をとめたものの、

「なんだね、おまえさん。いったいなにが言いたいんだね」

箕助を頭のてっぺんからつま先まで舐《な》めるように見ると、敵意丸出しの返答を投げて来た。

これには箕助も面喰らい、数歩退《ひ》きながら、

「い、いや。言いたいんじゃのうて、訊いてんのさ」

「そうかね。訊くふりをして、町のあたしらを探りに来たかね」

「おかみさん。いってえ、なに言ってんだね」

箕助はあとずさり、たじたじの態《てい》になったところへ、通りかかったもう一人の

近所のおかみさん風が、

「またみょうなのが来たのかね」

と、箕助を胡散臭《うさんくさ》そうに見つめ、ほかにも野次馬が増え始めた。

無宿のときの箕助なら、ここで憎まれ口のひとつもきき、場合によっては大立ち回りまで演じるところだが、いまは浄心寺の手習い処の奉公人である。しかも小ざっぱりした中間姿になっている。思わぬ展開にわけのわからないまま、

「ま、待ってくれ。俺はただ、町のようすを見に来ただけでさあ」

あとずさろうにも、まわりはすでに野次馬たちに囲まれている。いずれも山本町の住人のようだ。表店の一軒から出て来たのは乾物屋のおやじか、薪雑棒《まきざっぽう》を手にしている。

「野郎、こんどは中間を寄こしやがったかい。帰《けえ》ったらあるじに言っておけ。俺たちゃあ無頼のやくざ者だろうが二本差だろうが、一歩も退かねえぜ」

「そうよ、そうよ」

つないだ女はすりこぎを手にし、身構えている。

「な、なんなんだよう、これは。俺はただこの町のようすを……」

「それが気に入らねえのよ。おめえ、垣井家の中間かい、それとも永代寺門前の

与太が変装しやがったかい」

と、中間姿が住人たちを刺激したようだ。このままなら箕助は、山本町の住人に袋叩きにされそうだ。困惑したところへ助け舟が出た。

「あらら、どうしなさった。手習い処のお中間さんじゃござんせんか」

声は八百屋のお栄で、おサキの母親だ。おもてが騒がしくなったから、ようすを見に出て来たようだ。

「お中間さん、なにを揉めていなさるんだね」

と、父親の茂市郎も出て来た。

「これはおサキ坊のご両親。なにを揉めていなさるたあ、こっちが訊きてえですぜ」

箕助はホッとひと息つき、言葉をつづけた。

「手習い処のお師匠が、おサキ坊のことを心配しなすって、あっしを物見《ものみ》に寄こしなすったんでさあ」

「えぇえ！」

「そんなら中間さん、浄心寺の……!?」

周囲から声が上がる。

おサキはなにに怯えているのか、家の中に閉じこもっているようだ。

「そうでございましたか。お師匠はそこまでわしらのことを……」

と、状況は一変し、表店の前に住人たちが集まり、

「お師匠に、それに浄心寺さんにも伝えておくんなせえ。わしらの窮状《きゅうじょう》をよう……」

乾物屋のおやじが言えば、豆腐屋のおかみさんも言う。

「年内にも、山本町が消えてなくなりそうなんですよう」

肚《はら》から絞り出すような、悲痛な声だった。

まわりの者は男も女もしきりにうなずいている。

箕助はこれまで、どの町でも無宿者として邪魔者扱いにされ、揚げ句は役人に捕まって放逐された経験しかない。それがいまは住人に頼られている。生まれて初めて覚える快感だ。住人たちの言う一つひとつに、箕助は熱心な聞き役になった。

聞けば今年の新春早々に立退きの話が舞い込んだとき、山本町の住人たちは愕《がく》然《ぜん》としたらしい。町のかなり広い一角を、武家地にするというではないか。

交渉相手は垣井修介という、いずれ大名家の江戸勤番侍とも幕府の旗本ともつ

かぬ、得体の知れない武家だった。

地主たちは買収に応じる構えを見せ、町からただ追い出されるだけの住人たち、強固に拒否する者、地主に立退き料を要求し、折り合いがつけば長屋を明け渡して他所に移ってもいいとする者などさまざまだった。

春が過ぎ、蟬《せみ》の声を聞きはじめたころ、買収に応じようとする地主たちは焦《あせ》りだし、住人たちとの対立はおもて立って見えるようになった。

「この町がぎくしゃくしはじめたのは、そのころからじゃった」

集まった住人たちは言う。

更地にすることが、垣井修介が地主に示した条件だった。住人が一人でも居座れば、そこにひと悶着起きるのは必至だ。夏場に入り、その兆候が見え始めたのだ。

垣井修介が地主たちに強く催促するようになったのか、いずれの地主もこれまで〝大家といえば親も同然、店子《たなこ》といえば子も同然〟といった関係を代々つづけてきた住人を、追い出すのが忍びないのか、垣井修介による買収に、

「尻込みしはじめましてなあ」

「そう。地主も大家もあたしらと心の通じ合う、人の子ですからねえ」

豆腐屋のおかみさんが言えば、八百屋のお栄が感情の昂《たか》ぶりを抑えながらつなぐ。

茂市郎も言った。

「ところが、そんな地主や大家さんたち、垣井修介に脅《おど》されたらしく、とんとおもてに出なくなってしまい、わしらが直接、得体の知れないやくざ者を相手にしなければならなくなってしまいましたのじゃ」

「どのように」

箕助は問いを入れた。この場に照謙がいたなら、おなじような問いを入れたろう。それほどに箕助はいま、慥《しか》とあるじ矢内照謙の目となり耳となっている。照謙の見込んだとおり、大きな成長を遂げたようだ。

八百屋の茂市郎をはじめ、居合わせた住人たちは、

「あたしらへ直《じか》に嫌がらせが始まったのさ。それも露骨に……」

「ありゃあ、立派な脅しさね」

口をそろえる。

いずれかより、見るからに遊び人と分かる若い男が数人、町にふらりと入って来て表店の前で喧嘩《けんか》をはじめて戸や壁を壊す。

「もちろん馴《な》れ合いの喧嘩さ。見りゃあわかりまさあ」

「それがわかっていても危なくって、そのあいだはお客さんは来ないし、二重の損害ですよ」

乾物屋のおやじが言う。

周囲はしきりにうなずきを入れる。そうした迷惑な行為が、山本町ではなかば常態化し、裏店の住人も路地の出入り口の木戸を壊されるなど、被害を受けているという。

「ふむむ」

箕助はうめいた。それら遊び人たちの手口を、箕助は知り尽くしている。墓場荒らしをする一方、耕作や与作たちを使嗾《しそう》し、自分たちもやっていたのだ。単なる嫌がらせではない。その騒ぎの最中《さなか》に、商舗の品物をくすねたりもする。仕掛けられた商舗は、商品は盗まれる、家は壊される。そのあいだ客足は遠ざかり、二重三重の被害をこうむることになる。

それが日常となれば、町は殺伐《さつばつ》とする。町内の子供たちは怯え、外で遊ばなくなる。その被害も大きい。

箕助は言った。

「そいつら、どんなやつかおよそ察しはつきやすぜ。町の商家の旦那衆が、荒稼《あらかせ》ぎの被害に遭ったりしていやせんかい」

「ほっ、さすが手習い処のお中間さんだね。わかっておいでのようだ」

豆腐屋のおかみさんが言う。わかるもわからないも、騒ぎに乗じて商舗の商品をくすねたりするようなやつらは、行為が高じて路上での荒稼ぎまでするようになる。箕助たちもまた、そうした一群に身を落としていた一時期があるのだ。

夏場が過ぎ、秋口に入ったころだった。町内で最初の与太どもの荒稼ぎが発生し、山本町の住人の恐怖と困惑は極に達したという。

裕福そうな商家の旦那が町を歩いていると、一見して無宿人とわかる身なりの男たちが、いきなり前後左右から襲いかかる。旦那は大声を上げ、助けを求める。道行く者はなにごとかと足を止め、助けに入ろうとしたときには襲った者どもはさっと引き揚げ、四方に逃げ散る。殴る蹴るなどの危害は加えない。瞬時の所業であり、捕まる者はいない。あとには巾着《きんちゃく》や紙入れを奪われた旦那が茫然と立ち尽くしている。つまり芸のない掏摸《すり》というより、白昼路上での強奪《ごうだつ》である。それを荒稼ぎといった。荒っぽく稼ぐところから出た名称であろう。

自身番に訴え出ても手の打ちようがない。役人が巡回すれば、当然そやつらは出没しない。場所を変えるだけの話である。江戸の治安を護《まも》るためという名目の下、水野忠邦や鳥居耀蔵らが猛然と進める人返しの令も、故《ゆえ》なしとしない。

だが、それだけで江戸の巷間《こうかん》から無宿者がなくならないのも自明の理である。箕助や耕作、与作たちの存在が、それを証明していよう。

「さようですかい。やつらは捕まるようなへマはしない。やつらがこの町を標的にしているのなら、ちょっと厄介ですぜ」

箕助が言ったのへ、

「そう、厄介なんですよ。山本町はもう、標的にされていますのさ」

「あたしら住人がみんな立ち退くまで、荒稼ぎの輩《やから》が出没しつづけるなんてうわさも」

豆腐屋のおかみさんが言えば、裏店のおかみさんも口をそろえる。

それらのいう〝あたしら住人〟とは、山本町で立退きを迫られている住人たちのことだ。聞けば立退きを迫られているのは、おサキの八百屋が入る表店とその路地の裏店だけではなかった。町内にある表店が三棟、裏店が五棟、それに一戸建ての商家や民家が十軒近くで、その地所は山本町のほぼ半分を占めた。

中間姿の箕助を囲んだ住人たちの輪は、これまでの恐怖やこのさきへの不安を吐露《とろ》し合う場となった。本来なら照謙が出て来て聞くところだが、いくら名を変えているとはいえ、日舜との約束もあり、おもてには立てない。箕助は照謙が見込んだ以上に、その代役をよく果たしているようだ。

得体の知れない与太どもの嫌がらせがつづくなかに、冬の北風を感じはじめたころだという。長屋に住む左官屋が与太と喧嘩をして右腕を折られた。左官屋が一月《ひとつき》も腕を吊《つ》っていたのでは、家族はたちまち困窮《こんきゅう》する。高利貸しから借金をした。かなりの額だったらしい。その左官屋の一家は引っ越した。

それを裏店の大工の女房が言う。

「いえね、お武家の垣井さまのお手の人が、この町を出れば借金を棒引きにするよう、金貸しに掛け合ってやると言ったものですから」

左官屋の女房は引っ越しの前日、おなじ長屋の女房たちに話していたという。実際にそのようになったらしい。もちろん左官屋の一家が住んでいた長屋は空き家になった。長屋の大工の女房は、その経緯を一部始終見ていたという。

「だから、うちも毎日が恐くって……、一日が終わればあしたがまた心配で」

と、締めくくったのへ、周囲の者はしきりにうなずいていた。大工が腕や足の骨でも折れば、一家はたちまちに立ち行かなくなる。

そのようにして引っ越した職人や商家は、ほかにもいくつかあるらしい。

八百屋のお栄が言った。

「まるで町内は、櫛《くし》の歯が欠けるように住人が減り、空き家も増えているんですよう」

「ああ、数日まえは小間物《こまもの》屋さんだったたねえ。引っ越しのとき、おサキちゃんが泣いてた。ほんと可哀相《かわいそう》だった」

裏店のおかみさんがつないだ。亭主は古着の行商をしているという。

その小間物屋は表店でおサキの八百屋のとなりだった。おサキと同い年の娘がおり、二人は仲良しでおなじ手習い処に通い、こたびはそろって浄心寺の手習い処に移ることになって喜んでいたらしい。

その日も二人は一緒に外で遊んでいた。外といっても、表店のすぐ前の路上である。小間物屋には珍しく、若い男の客があった。いかにも遊び人といった風情《ふぜい》だった。時期が時期だけに、店場に出ていた夫婦は緊張を覚えた。

案の定だった。男はおかみさんの目の前で、かなり値の張る扇子をちょいとふところに入れ、

「――いい品をそろえている店だ。また来させてもらうぜ」

と、店を出ようとした。

亭主も男が花柄模様の小物入れをふところに入れたのを見ていた。だが、男の何者であるかに気づいていたため、見て見ぬふりをした。

男は暖簾を頭で分け、外に出た。

亭主は、おかみさんがあとを追って呼び止めようとしたのへ、

『――よせ』

言おうとしたが遅かった。

「――お客さん、なにかお忘れでは。ふところのもの、うちの品物では」

「――なにいっ」

男は待っていたようにふり返った。

そのとき、まったく申し合わせたように、似たような二人連れの男が通りかかり、

「――おっ、なにかあったかい」

声をかけるのと同時に、ふところの扇子と小物入れが、声をかけた男の手に移った。

身軽になった男は凄《すご》んだ。

「――おかみさん、あっしを泥棒扱いしなすったなあ。さあ、調べてもらいやしょうかい。さあ、この落としまえ、どうつけてくださるんで」

と、寒いなかに勢いよく、もろ肌を脱いだ。

荒稼ぎよりも芸が必要だが、それも仕組まれた騒ぎだ。しかも瞬時の出来事であり、亭主は殴られ、商舗は壊され、商品は一面に散乱した。二階に上がる階段まで破壊されていた。店をつづけるには、修繕にも新たな品の仕入れにも相応の費消《ひしょう》を覚悟し、高利貸しから借金をしなければならないだろう。

おサキと小間物屋の娘はすぐ近くから、恐怖に身をこわばらせ、声もなくこのようすを見ていた。

例によって男たちの逃げ足は迅速で、このとき一人が捨て台詞《ぜりふ》を残した。

「――おめえら、この町に住めるのは、今年いっぺえだと思いな」

野次馬のごとく遠巻きに見ているしかなかった住人らは、男の捨て台詞に顔を見合わせた。立退きに期限を決められたことを覚《さと》ったのだ。

だからといって、自身番に訴え相談しても、なんら解決策さえ得られないことを、住人たちは知っている。これまでの経験が、それを教えているのだ。

自身番は奉行所の支配となっているが、その町の地主や大店《おおだな》のあるじたちで構成される町役が運営している。行き倒れのあったときの処理、胡乱な者を取り押さえたときの措置、それに役人が出張って来たときの接待費なども、すべて町の費消となる。だから自身番というのだが、その自身番を支えている町役たちが垣井修介なる武家や、あるいはそれに使嗾《しそう》されているとしか思えない与太どもの脅しや嫌がらせに屈し、地所を更地にするのへ加担しているのだから、住人がいかに訴えても自身番は動かず、奉行所へ通報もしないのは当然と言えるかもしれない。

四

陽は西の空に大きくかたむき、まもなく日の入りを迎える時分だった。庫裡から戻った照謙は、縁側に出て書見台《しょけんだい》を前に夕陽を全身に受け、箕助の帰りを待っていた。

墓場のほうから灌木群の道に入ったようだ。

「旦那ア、いま帰《けえ》りやしたーっ」

荘照居成のあたりから縁側の照謙を見つけたか、走りながら大きな声で手をふった。

「おぉう」

照謙は縁側に座したまま伸びをし、箕助は縁先にたたらを踏んだ。

そのとき照謙の目は、箕助の背後に風呂敷包みを背にした、古着の行商人らしい男の影が重なったのを見逃さなかった。たまたま墓参りの者が箕助の姿と重なっただけとも思えるが、向きから見て箕助を尾《つ》けて来て、その行く先を確かめようとしているようにも感じられる。このときはまだ、いずれとも判断がつかなかった。

駈け戻って来た箕助を部屋に上げるよりも、その場で話を聞いた。背後の行商人が気になったからだった。部屋に入れば、灌木群まで来ている行商人の姿が見えなくなる。照謙には、行商人の年格好に見覚えがあるように思えたのだ。

箕助は語った。

「そんな理不尽な〝当然〟がありやすかい。そんなことがまかり通りゃあ、世も末ですぜ。いえ、あっしが言ってるんじゃねえんで。おサキ坊の両親《ふたおや》をはじめ、町の衆がみんな口をそろえていなさるんでさあ」

照謙にとっても、箕助の話はいくらか予想はしていたが、白壁ひと筋を隔てただけの町場で、住人がそのような苦境に陥《おちい》っていたとは、おサキの情緒に安定がない原因がわかった以上に衝撃だった。

しかもその元凶が、

(垣井修介に間違いない。やつならやりかねんわい)

と、秘かに戦慄《せんりつ》を覚えた。

照謙はその胸中を箕助に覚られまいと平静を装《よそお》い、箕助はそこに気づかないまま、まだ憤懣《ふんまん》の収まらない口調でつづけた。

「さあ旦那、教えてくだせえ。このあと何をすりゃあいいんですかい。まさか成り行きに任せるってんじゃねえでしょうなあ」

「その与太は〝今年いっぱい〟と言ったのだな」

「へえ、幾人もの住人が聞いておりまさあ。おサキ坊の両親も」

「ふむ、敵はどうやら年内に目鼻をつけたがっているようだな」

「町のお人らも、そのように受けとめなすっているようで」

「ふむ、ならばこれから嫌がらせは増し、内容も非道《ひど》いものになるだろうなあ」

「だからでさあ。さっきから訊いてるじゃありやせんかい。どうすりゃあいいって」

「慌てるな。といっても、急がねばならんが」

「へえ」

箕助が焦《じ》れったそうに返したのへ、照謙はつづけた。

「つまりだ、わしが錫 杖《しゃくじょう》を手に駈けつけ、荒稼ぎや嫌がらせの与太どもを叩き伏せてすむ問題じゃないということだ」

「わかってまさあ。だからこのさき、どのように」

「その与太どもを雇って操《あやつ》っているのは、垣井修介なる武士であることに間違いあるまい」

「そりゃあもう」

「そやつのほうはわしが調べよう。そのためにもじゃ、垣井に使嗾《しそう》されている与太どもの素性が知りたい。いかように攻めるか、そこから方途も見いだせようからなあ」

「さすがは旦那。さっそくあしたから山本町に詰めやしょうかい。与太どもが無宿者なら、見知った面《つら》があるかもしれやせんや」

「頼むぞ。それを慥《しか》と見届けるためにもな。いまから増上寺門前に行き、布袋の鋭吾郎にわしからの頼みだと話し、耕作と与作を連れて来て、三人一組になってかかれ」

「あの二人をですかい。がってんでさあ」

　箕助には手習い子たちの目見得の日、塗笠をかぶった二人組の武士が手習い処を窺《うかが》っているのに気づきながらも、人手が足りず尾けられなかった苦い思いがある。ちなみに塗笠で二人組の武士は、八丁堀の桑名藩の藩邸に入ったのだ。桑名藩江戸家老服部正綏《はっとりまさやす》配下の横目付である。しかも矢内照謙こと前《さき》の南町奉行矢部定謙《さだのり》の顔を知る二人だった。

「さあ、わざわざ墓場を通らず、直接本堂の前へ出る道を行け」

「へい、さっそく」

　耕作と与作を人数に加えるのは、箕助には願ってもないことである。布袋の鋭吾郎に一応話を入れておくのは、二人が店頭の若い衆ではないが、増上寺門前の住人になっているからだ。もう一つ理由がある。これから与太を相手とするのなら、鋭吾郎の手を借りる事態も考えられるからだった。ともかく照謙は、こたびの件に関し、ことさら慎重な姿勢をみせている。

　箕助をこの場から急《せ》かすように発たせたのにも、理由があった。

　風呂敷包みを背負った行商人の影が、まだ灌木群の中にあって、荘照居成の前あたりから手習い処のほうを窺っていた。照謙はすでに相手が誰であるかに気づき、その者と二人だけで話がしたかったのだ。その相手とは、垣井修介の件で布袋の鋭吾郎以上に連絡を取りたい人物につながる者だったのだ。

行商人を扮《こしら》えた男は、箕助がまた急ぐように手習い処から離れたのを見ると、慌てたように墓場のほうへ引き返そうとした。山門に急ぎ、中間姿がどこへ向かうのかあとを尾ける算段のようだ。箕助が墓場から山門に向かったのでは、男に声をかける機会はなくなる。照謙はそれを見越し、箕助に〝墓場を通らずに〟と言ったのだ。

照謙は急いでその場を離れようとする男に、

「久しいのう。ここがよう判ったものじゃわい」

縁側から声をかけた。箕助のうしろ姿はもう見えない。ほかに誰もいない。

「うっ」

男は低い声を洩らし、照謙はさらに言った。

「そなたのあるじも息災《そくさい》かのう、谷川征史郎《たにがわせいしろう》よ」

遠山家の用人だった。

「ははは、わかりましたか。さすがでございますなあ」

「ふふふ、そなたは遠山どのの用人であっても、隠密廻り同心にはまだなれぬようじゃのう。ひと目でそなたと判ったぞ」

「矢部さま、そうはおっしゃいますが、それがしはもうここには幾度か物見《ものみ》に来ておりまする。きょうもあの中間がここから町場へ出向くのを見かけ、あとを尾けましてございます」

言いながら、遠山家用人の谷川征史郎は縁側に近寄って来た。

「ほう、そうか。これは一本取られたのう」

矢内照謙こと矢部定謙は頼もしそうに言い、手習い部屋に征史郎を上げ、障子を閉め切った。

手習い子の文机《ふづくえ》を挟んで、二人は対座した。

双方が、

（一日も早く）

と、望んでいた場面である。征史郎は遠山金四郎の分身のようなものなのだ。

二人とも、なにから話そうかと迷っている。話したいことは双方とも山ほどある。

「さあ、遠慮はいらん。足をくずせ」

と、最初からあぐら居になっていた照謙は、町人姿で端座し、畏《かしこ》まっている征史郎にくつろぐようにうながしたが、

「いえ、滅相《めっそう》もございませぬ」

と、武家の奉公人らしく端座の姿勢を崩さず、ともかく語りはじめた。

「浄心寺に手習い処が……と、聞いたときから気になっておりまして……」

と、手習い子たちの目見得の日に物見に来て、

「生きておいでのことを確認しましてございます。帰ってあるじに報告すると、矢部さまにはなにか仔細《しさい》がおありのことと思われるゆえ、それが判明するまでただ見守っておれとの下知《げじ》でございました。その過程におきまして、きょうの仕儀になりました次第にございます。驚いております。実は遠山は鳥居家用人の垣井修介の動きには気を揉《も》んでおりまして、隠密廻り同心のお方らがすでに探索しておいでのでございます。きょうこれより北町奉行所に戻りまして、隠密廻りのお方らにさきんじて報告すべきことが、一つ増えましてございます」

「ふむ」

照謙は深刻な表情でうなずき、

「さきほどのあの中間は、理由《わけ》あってわしに仕えるようになった男でのう。それ

はおいおい話すとして、きょうその報告を聞き、これは是非《ぜひ》金四郎どのの手を借りねばならぬと思うてのう。いかにつなぎを取ろうかと案じておったところなのじゃ。そこへそなたが舞いこんで来てくれたという次第でのう」

二人の呼吸がぴたりと合い、これから話も進もうかというのに、照謙も征史郎も気ばかりが焦り、落ち着かない。

「して、矢部さまにはいかなることがありまして……」

征史郎が問おうとしたのへ、

「わしはいま矢部定謙にあらず……」

照謙の話そうとする声が重なった。

金四郎への報告のため、征史郎がいまひと呼吸でも早く訊きたがっていることは、照謙がともかく話しておかねばと思っていることでもあるのだ。

「な、なにゆえ。さあ」

征史郎は緊張気味に手で照謙へさきをうながし、上体を文机の上に乗り出した。

「しからば」

照謙はみずからを落ち着かせるように大きく息を吸い、

「そなたのあるじの金四郎どのなら、解ってくださろう」

前置きするように言い、

「わしは本気じゃった。水野忠邦さまと鳥居耀蔵どのへの抗議の意を込め、断食行で命を絶つつもりじゃった」

「…………」

征史郎は極度に緊張し、照謙の顔を見つめている。

「本懐は遂げもうした」

「えっ」

「なれど、荼毘《だび》に付すため桑名城下の斎量寺という山寺に運ばれ、そこで竜泉という住持の〝生きよ〟との喝《かつ》が効いたか、蘇生したのじゃ」

「なんと！」

征史郎はさらに文机に両手をつき、身を乗り出した。

それから江戸へ出て来るまでの経緯を、照謙は淡々と語り、

「そなた、そこの灌木群の中に小さな鳥居と祠《ほこら》のあるのに気づいておろう」

「はっ。扁額に〝荘照《そうしょう》居成《いなり》〟とありました。あるじに話すと、おそらく庄内藩が秘かに建立《こんりゅう》し、祭神は……、いま目の前に在《おわ》す……」

「さよう。わしじゃ」

「や、や、や、やはり！」

「ゆえに、わしは矢部定謙の名を、ほれ、そなたも見たであろう。矢部家の墓に納め、矢内照謙という別人にならざるを得なかったのじゃ」

「うむ。桑名藩のためにも、庄内藩のためにも……ご生存は、極秘に……」

征史郎は理解した。

照謙はつづけた。

「ところが、そなたも見てのとおり、きょうの仕儀じゃ。世捨て人ではいられなくなってしもうてな」

「それにつきましては、さきほども申し上げましたとおり、北町奉行所でも隠密廻り同心が……」

話はいきなり現実に進んだ。

話し終えたときには、外はすっかり暗くなっていた。征史郎は全身に緊張の衣《ころも》をまとったまま、浄心寺の提灯を手にした。

すでに夜更けのことであり、照謙は山門まで見送った。

本堂前の境内に歩を踏みながら言った。

「よいか、谷川征史郎。このことを知るはそなたを入れ、桑名の竜泉和尚と桑名藩国家老の吉岡左右介どの、それにこの浄心寺の日舜和尚の四人のみじゃ。金四郎どのにもこのこと、よくよくよろしゅうお伝えいたせ」

「もとより」

征史郎は返した。

山門を出た提灯の灯りが角を曲がり、見えなくなった。

「ふーっ」

照謙は大きく息をついた。冷たい外気が体内を洗い、白い息となって出る。胸の痞《つか》えがコトリと落ちた思いになった。

生きていることを金四郎に、ようやく伝えることができるのだ。

箕助が戻って来たのは、江戸の町々の木戸が閉まる夜四ツ（およそ午後十時）時分だった。この時刻を過ぎると、江戸のいずれの往還からも人影が絶える。出ている者がいるとすれば、盗賊か夜逃げの類《たぐい》だろう。箕助は増上寺の提灯を手にしていた。布袋の鋭吾郎が持たせたのだ。夜遅くなり、いずれの自身番や武家の番所で誰何《すいか》されても、中間姿で増上寺の提灯を手にし、帰る先が浄心寺とあっては、胡乱《うろん》なやつとして身柄を留め置かれることはあるまい。

箕助は手習い処の居間で火鉢に手をかざし、上機嫌で言った。

「あの御坊が、町衆の難儀に係《かか》り合《お》うてくださるたあ心強《こころづ》え、と布袋の親分は喜びなすって、あしたの朝、ともかく耕作と与作を浄心寺に遣《つか》わしてくれるよう、荷運び屋のおやじに話をつけてくださるそうで」

「ほう、それはありがたい」

「へえ、あっしも聞き込みの仕事がやりやすくなりまさあ。そうそう、それに嶌田屋琴太郎も、あの御坊なら是非お役に立ちたい、とあした一緒に来るそうで」

「ほう、琴太郎がのう。聞き込みや物見に若い女が一緒なら、相手を油断させるのに役立ちそうじゃ。山本町での差配は、おまえに任せるぞ」

「へいっ、がってん。いえ、承知」

箕助は布袋の鋭吾郎に認められ、照謙のお墨付きまで琴太郎まで配下に組み込むことになり、いっそう張り切ったようだ。

だが照謙は、北町奉行の遠山金四郎とつなぎの取れたことは話さなかった。矢部定謙につながることは、住持の日舜以外には極力伏せておきたいのだ。また、そうしなければならないのが、この世に蘇生し名も変えた照謙の宿命であった。

五

手習い処はいずれも朝五ツ（およそ午前八時）に始まる。

その小半刻《こはんとき》（およそ三十分）ほどまえに、

「お坊さま、いえ、お師匠《ししょう》さま、嬉しゅうございます。浜松町でなくても、お師匠《しょ》さんが町場のことに係り合うてくださるなんて」

と、箕助から聞いてはいたが、僧形ではない照謙に戸惑いながらも、その差配で動けることへの歓《よろこ》びを全身にあらわしていた。蔦田屋琴太郎だ。カラの大八車を牽《ひ》く耕作と与作に、勇んでついて来たのだ。

「布袋の鋭吾郎が、そなたをよく大川のこちら側にまで出したなあ」

「だからこんな格好で」

と、地味な町娘を扮《こしら》え、髪も目立たない丸髷《まるまげ》に紅《あか》い櫛を一本挿しているのが、せめて若い娘の意地を示していようか、

「ほら」

と、縁先で身軽に跳びはねるようにうしろ向きになり、またくるりと向きなお

った。

琴太郎は地味な身なりを照謙に見せ、役人に追われる心配のないことを示そうとしたのだが、

(ふむ)

と、照謙は内心、別の意味でうなずいた。蔦田屋琴太郎は娘義太夫になる以前、旅の一座にいて軽業《かるわざ》と手裏剣投げを得意としていたことは聞いていたが、いまの軽やかな所作からあらためてそれを感じた。

(これから事態は、どう転がるかわからぬ。使える)

思ったのだ。

手習い処の縁先で照謙は言った。

「ここで蔦田屋琴太郎という名は、ちとまずい。そう、お琴《こと》にしよう」

「わっ、嬉しい」

と、琴太郎あらためお琴は、またその場で軽く飛び跳ねた。浄心寺《ここ》でのみ通じる名をつけたのは、お琴の出番がきょう一日でないことを意味していたのだ。

これには箕助も手を打って喜び、さらに照謙がきょうの仕事は山本町への物見であることを話し、

「わしが町場に出歩くことはできぬゆえ、差配は箕助に任せる」

と、話はすぐにまとまった。お琴も浜松町での騒ぎで箕助には男気を感じており、異論はなかった。

陽はすっかり昇り、手習い子が来はじめた。お琴と耕作と与作は、箕助とともにまだ手習い処の縁先にいた。具体的な策はまだ立てていないのだ。

きょうの手習い処の始まりは異様な光景となった。若い町衆が縁先にたむろしていたばかりではない。その新たな三人は、お琴はむろんのこと、耕作と与作は股引に腰切半纏を三尺帯で決め、なによりも大八車を牽いて来ているのが、遊び人や無宿者でないことを示している。

さらに異様なのは七歳のおサキだった。怯えるように父親茂市郎の腰にしがみつき、母親のお栄がその肩を抱き寄せ、家族がひとかたまりになって来たのだ。山本町から来ている手習い子がもう一人いた。家具屋の十歳になる息子で、このほうは母親がついて来ていた。ほかに山本町の男衆が二人ついていた。

目見得の日こそ親が子を連れて来たが、翌日からは手習い子だけで来ている。それがきょう山本町からの二人は、ふたたび大人たちに護《まも》られながら来たのだ。

「どうした」

と、照謙が訊くまでもなく、

「お師匠さま」

と、茂市郎が語りはじめた。

山本町にあるそば屋での出来事だ。きのう箕助が帰ってからだという。与太が二人、そば屋に入って一杯引っかけながら、

「――そこの表店《おもてだな》の八百屋に、娘が一人いるだろう。浄心寺の手習い処に通っているようだが、もしいなくなりゃあよう、その表店の連中が全部引っ越すまで戻って来ねえかもしれねえぜ」

「――あそこに残っているやつら、つるんでいるようだが、八百屋一軒のことだと思わねえほうがいいぜ」

などと捨て台詞《ぜりふ》を残して帰ったらしい。

明らかに町全体への脅迫である。相手方は年内に更地への目鼻をつけようと、焦っているようだ。

話はたちまち夕刻近くの町内を駈けめぐり、きょうの仕儀になったという。家具屋の息子にまで、母親と町内の者がついて来たのはそのためだった。

そば屋の亭主も心配して手習い処まで一緒に来ていた。

「その遊び人たち、どうやらまえにも来て荒稼ぎをしていた連中のようで」

「どんな面《つら》のやつですかい」

中間姿の箕助が問いを入れた。

照謙が応えた。

「面相などは聞いただけではわからん。よし、きょうあすの策は決まったぞ」

おサキと家具屋の息子についていて来た町衆にも、

「案ずるな。ここにいる分には、何者にも手出しはさせぬ。帰りはわしらが山本町まで送って行こう。あとは町の者で見張るのだ」

「そうしていただければ」

おサキの母親のお栄はすがるように言った。

「この災厄《さいやく》を完全にふり払うには、与太どもの正体を知らねばならぬ」

照謙はつづけた。

中間姿の箕助を差配役に、荷運び人足の耕作と与作、それに町娘のお琴が表店の八百屋の二階と家具屋の屋内に詰め、与太どもが現われれば、箕助の裁量で即座にあとを尾け、そやつらのねぐらを突きとめるという策である。

「承知いたしやした」

「願ってもないことで」

箕助と茂市郎は同時に返した。

もちろんお琴らもうなずいた。箕助はもとより、お琴も耕作、与作たちも、旅芸人や無宿者の経験を生かし、その任を果たすであろうことを、照謙は確信している。二人がカラの大八車を牽いて来たのも、その役務にきわめて有益であった。

町場に足溜《あしだま》りを設け、そこを拠点にするのは、隠密廻り同心が盗賊を探索するときによく使う手である。

与太どものねぐらを金四郎に知らせてやれば、背後で操《あやつ》っているのは鳥居耀蔵配下の垣井修介であることなどすぐに確証が得られるだろう。そうなれば、元凶が鳥居耀蔵であることも明らかにできる。

町衆と箕助たちを送り出し、照謙はふと苦笑した。本来なら町衆が自身番に通報し、町役たちを中心に町は警戒態勢に入り、役人の駈けつけるのを待つのがまともな町場のあり方なのだ。ところが山本町では、町役たちがまっさきに与太どもの背後の者に籠絡《ろうらく》され、自身番はすでにその機能を失っている。

（鳥居耀蔵め、おもてではご法度《はっと》だの停止《ちょうじ》だのと厳しいことを言い、裏では私

利私欲のためにそれを破る町をつくろうとしている。あやつのやりそうなことだわい）

と、そこへの苦笑である。

だがこたびは、鳥居耀蔵にも誤算があったようだ。住人の多くが、思ったより結束力が強く、立退きが容易に進まないことだ。だから鳥居家用人の垣井修介は焦り、年内になどと無理な目標を設定し、与太どもを煽《あお》り立てているのだろう。

手習い子たちが全員そろった。

照謙は深刻な表情をゆるめ、

「みんな、江戸中でここほど安全な場所はない。さあ、手習いを始めるぞ。心おきなくのう」

「はーい」

手習い子たちは大きな声で返した。そのなかにはおサキも家具屋の息子もいる。

例によってイロハの書き方から漢籍の素読まで、それぞれの手習いが始まり、

「ほう、おまえはそろそろ〝色は匂へと……〟に入ろうか」

「この漢詩のう、ここに返り点が入るのじゃ」

と、二十人近くの文机のあいだを、右に左にと移動する。照謙のそのときの表情は楽しそうだった。

中間姿の箕助が、そっと手習い処に戻って来たのは、午《ひる》すこし前だった。縁側から上がって障子をすこし開け、

「師匠、ちょいと」

と、低声《こごえ》で顔が緊張していた。息遣《いきづか》いからも、急いで帰って来たことがわかる。ここで箕助が縁側に跳び上がり、

『師匠！』

などと声を上げていたなら、おサキは怯え家具屋の息子も緊張し、手習い部屋は収拾がつかなくなっていたかもしれない。

（わしが見込んだだけのことはあるわい）

思いながら照謙は、

「みんな、そのままおとなしく手習いをつづけよ」

落ち着いた口調で言うと、やおら縁側に出た。

「野郎たちの正体、判りやしたぜ。それが驚きで……」

縁側でひたいを寄せ、箕助は言う。

お琴と八百屋の二階に陣取っていたときである。

一階から亭主の茂市郎が、蒼《あお》ざめた顔で駈け上がって来た。

「――来ました。きのうそば屋で捨て台詞を吐いていたやつら、こっちへ向かっております。ど、どうすれば……」

「――どうするったって、おサキ坊はいま手習い処だ。安心しなせえ。やつらめ、来るだけで町のお人らを脅すことになると思ってるのでやしょう。素知らぬ顔でやり過ごしなせえ」

言うと、顔を障子窓のすき間に押し当てた。

二人連れが三人になっている。

「――やつらです、わしらを脅したり、路上で荒稼ぎをしたり……」

茂市郎は怯えたように言う。一階ではお栄が店の物陰に身を隠している。

三人組は、自身番がすでに機能していないのを知っているのか、周囲を睥睨《へいげい》するように肩をいからせ、悠然と歩を踏んでいる。

「――あっ、あれは！」

「――確かに」

お琴と箕助が声を上げたのは、ほとんど同時だった。三人ともここから近い永代寺門前の、店頭《たながしら》一家の若い衆ではないか。箕助は無宿時代にあちこちの門前町を渡り歩いており、店頭やその若い衆たちをけっこう知っている。お琴も娘義太夫の蔦田屋琴太郎として、あちこちの門前町に出入りしている。二人ともそれら店頭のなかでも、増上寺の布袋の鋭吾郎を、店頭の鑑《かがみ》とみている。

その二人にすれば、店頭一家の若い衆が縄張を出て他の町に手を出している……、しかも得体の知れない武家の手先になって……。とうてい理解できないところだ。障子窓の内側でうなずきを交わすと、箕助はさっそく差配した。

裏手からそっと家具屋に走って耕作と与作に三人組の尾行を命じ、お琴はつなぎ役として八百屋の二階に残し、自分は浄心寺へ報《しら》せに走ったのだ。

三人組は、きょうは商家に言いがかりをつけたり路上で荒稼ぎをするなど、町への嫌がらせに来たのではなさそうだ。

おサキの拐《かどわ》かしをほのめかした翌日であれば、三人が町に姿を見せただけで住人は緊張し怯える。それが目的のようだ。三人組は山本町を地まわりのごとく一巡すると、来た方向である南手の永代寺のほうへ向かった。

耕作と与作は大八車に家具屋から借りた古い長持《ながもち》を載せて家具運び人足を扮《こしら》え、三人のあとを尾けた。お琴が尾けたのでは、いかに地味な町娘であっても、永代寺界隈には顔を知っている者がいるかもしれない。すでに物見に来た三人のうち、お琴の知った顔が一人いたのだ。

箕助が山本町にとどまらず浄心寺に急ぎ戻って来たのは、耕作と与作の働きが、これからの策にとって重大かもしれないと思ったからだった。

手習い処の縁側で、箕助は話す。

「やつら、永代寺門前の店頭一家の若い衆に違《ちげ》えありやせん」

「なんと！」

その言葉に照謙も驚いた。縄張の外に悪戯《わるさ》を仕掛けるなど、縄張内《しまうち》は確実に仕切るが外のことには一切手を出さないという、寺社門前の店頭としての仁義がまったく感じられないのだ。

「へへ、師匠。いまの永代寺門前についちゃ、それもうなずけるんでさあ」

箕助は語りはじめた。

増上寺門前の町場もけっこう広いが、深川の永代寺の門前は、隣接する富岡《とみがおか》八幡宮の門前町《もんぜんまち》も兼ね、さらに広い。永代寺と八幡宮の前を東西に走る広小路のような大通りは、西から永代寺門前仲町《なかちょう》、門前町《ちょう》、門前東町《ひがしちょう》に区分され、それぞれに店頭が立ち、しのぎを削っている。

「あの町じゃ、西から順に門前仲町が一番格上で、界隈じゃ門仲《もんなか》の親分と言われておりやす。つぎに門前町とつづき、一番東の門前東町が一番格下とされてるんでさあ」

永代寺と富岡八幡宮の門前が複雑なことは、照謙も南町奉行のときから耳にはしていたが、詳しいことは知らなかった。

「ふむ」

と、照謙は聞き役にまわった。

そのうち一番格下の門前東町の店頭が、一年ほどまえに代わったらしい。

「それも穏やかな禅譲《ぜんじょう》などじゃのうて、前《さき》の店頭を代貸《だいがし》であった男が不意打ちか騙《だま》し討ちみてえな汚《きたね》えやり方で追い払ったらしいんで。前の店頭がどうなったかは、不明でさあ。それで門仲と門前町の店頭は、東町の代替わりを認めていねえそうで」

「ならば東町は永代寺の門前で孤立し、門仲や門前町の店頭たちと一触即発《いっしょくそくはつ》といったところか」

「あっしも詳しいことは知りやせんが、そのようで。ともかくでさあ、いわば新参の東町が門仲と門前町を相手に喧嘩でもやりゃあ、勝負は目に見えておりまさあ。門仲の親分も門前町の店頭も、それをやったんじゃしばらく抗争がつづき、永代寺と八幡宮に迷惑がかかると言いなすって、それで東町はなんとか首がつながっているのだろうって、あの界隈のお人らは言ってまさあ」

「なるほど、おまえやお琴が見知っていた与太とは、新興勢力のような東町の若い衆ってことか」

「それが判らねえんで。ともかく永代寺の門前町で見かけた面《つら》でやして。いずれの若い衆か確かめるため、いま耕作と与作が大八を牽いて尾けているって寸法で」

「ふむ、そこまでよう気を利かせてくれた。おそらくそやつらは、東町の与太どもだろう。これで店頭の一人が仁義に背《そむ》き、なにゆえ垣井修介なる武家と結びついたかも、判ったような気がする」

「えっ、師匠。垣井修介なる武家、もう調べなすったので？」

「いや。じゃが、心あたりがないわけではない」

照謙は意味ありげに応え、

「ご苦労だった。その与太三人の帰った先を、なんとか突き止めておいてくれ。こたびの騒動は、よほどうまく処理しなきゃあ、山本町どころか永代寺門前の町場全体を巻き込んだ騒動に発展するかもしれぬ」

「あっしもそれを思い、まだ探索の途中でやすが、ともかくお報せをと思い、急ぎ戻って来た次第でやして。もうひと踏んばりして来まさあ」

と、箕助はふたたび本堂前の境内を経て山本町に向かった。

その背を照謙は頼もしく思いながら見送り、

「おうおう、みんな。おとなしゅうしておったな。感心、感心」

と、手習いが再開された。

六

念じたとおり、着ながしに大小を帯び、深編笠で顔を隠した遠山金四郎が、職人姿の谷川征史郎を供に浄心寺の山門をくぐったのは、手習い子たちが帰ってからすぐだった。おサキは照謙が送っていくまでもなかった。家具屋も八百屋も、朝とおなじで町内の住人ら幾人かと一緒に迎えに来たのだ。

金四郎も征史郎も、町場の手習い処が昼八ツ（およそ午後二時）に終わることを心得ている。その時刻を見計らって来たようだ。

矢部定謙《さだのり》あらため矢内照謙《しょうけん》には、手習い所の縁先に立った深編笠の武士が、

（ほう、金四郎どの。来てくれたか）

と、遠山金四郎であることがすぐにわかった。

「久しいのう。さあ、上へ」

「ほんに、久しい。こうして会えるとはのう」

金四郎は返し、縁側の敷石に草履《ぞうり》を脱いだ。

桑名の斎量寺で矢部定謙が蘇生し、今日に至るまでの経緯は、すでに征史郎が詳しく話している。

手習い部屋ではなく、奥の居間に、

「さあ、遠慮はいらん。足をくずしてくだされ」

と、金四郎は言われ、あぐら居に腰を落ち着けるなり、

「さすがはおぬしよ。仏《ほとけ》だけではあきたらず、神にまで祀られたとはなあ。さっき荘照居成に参って来たぞ。胸中、お察し申す。矢部定謙どの、いや矢内照謙どの」

真剣な表情で言った。金四郎の察する照謙の胸中とは、桑名藩のため、さらに庄内藩のため、世のおもてに出られなくなった身の上についてである。はからずも蘇生したからには、やりたいこと、やらねばならないことが山ほどあるだろうが、正面切って動けない悔しさ、歯痒《はがゆ》さに身を苛《さいな》まれているはずだ。

「さっそくだが、きょうこうして深編笠で参ったのは、そなたの生きて在《おわ》すことを慥《しか》と確かめることはもとより、幽霊の身になったそなたに、ちょいと手を貸してもらいたいことがあってのう」

金四郎が言ったのへ、職人姿で斜《なな》めうしろに端座していた征史郎が、ひと膝もふた膝も前にすり出た。鳥居家用人の垣井修介の動きについて、照謙の知り得ぬことをかなり調べているようだった。

「ふむ」

照謙はうなずいた。

はたして山本町の住人を立ち退かせ、そこを更地にすることは鳥居耀蔵の差し金で、去年より動きはじめていたらしい。

「いったい山本町を、いかがするつもりかのう」

照謙の問いに、征史郎は金四郎にうながされ、さらに語りはじめた。職人姿だが、武家言葉で話している。

「まともな運用なれば、鳥居さまなら南町奉行所の仕事としてお上《かみ》のご威光をふりかざし、捕縛者を出してでも強引に進めましょう。なれど、表立って動いているのは、垣井修介なる鳥居家の用人でございます。もっとも垣井修介も、私が北町奉行所の臨時廻り同心として朱房《しゆふさ》の十手を持っておりますように、おなじものを所持しており、岡っ引を幾人か引き連れ山本町を巡回しては、北町か南町かは隠し、それをちらつかしておりますそうで」

なるほど山本町の地主や家主たちが早くから萎縮して買収に応じ、住人らが強請《ゆすり》や荒稼ぎの被害に遭って自身番に訴え出ても、自身番が動かないはずである。自身番は奉行所支配なのだ。だから与太どもは、誰はばかることなく、おサキの拐かしまで口にして住人たちを脅しにかけることもできるのだ。

「鳥居耀蔵がそこまでやる目的はなにか。調べはついておるか」

「ふふふ。私的な上知令でござるよ」

照謙の問いに金四郎が応え、

「まったく、そのとおりでございます」

征史郎が相槌を打ち、話をつづけた。

谷川征史郎は北町奉行所の隠密廻り同心から、山本町の住人に嫌がらせをしているのは、垣井修介に使嗾された永代寺門前の与太どもらしいと聞かされ、そこでそのなかの一人に接近し、

「飲み屋で一杯やりながら、聞き出したのでさあ」

と、町人言葉になった。山本町で荒稼ぎを働いた与太のあとを尾け、同類の与太を装って近づき、存分に飲ませたという。なにぶん征史郎は無頼を張っていたころの金四郎に随い、町々を徘徊《はいかい》している。与太を相手にするのはなれているのだ。その成果を征史郎は、いま話している。

「山本町の住人を立ち退かせれば、そこへ武家屋敷が建つそうなんで」

「ん？　そうであったか。で、それは垣井修介の屋敷か、それとも鳥居耀蔵の別邸か」

「そこまでは聞きやせんでした。誰の屋敷かなどと根掘り葉掘り訊こうとすりゃあ、怪しまれると思いやしてね」

征史郎の町人言葉は場数《ばかず》を踏んでおり、板についている。それに屋敷の背景を詳しく聞き出そうとしなかったことにより、与太から同類と見なされても怪しまれることはなかった。聞き込みの入れ方としては、素人《しろうと》とは思えないほど巧《たく》みで

ある。

「――そのときにゃ、おめえもいい思いができるよう、旦那に口添えしてやろうかい」

与太は得意顔で言ったという。

征史郎はその〝旦那〟が誰かは訊かなかった。代わりに、

「――ほっ。いい思いって、どんな思いだい」

「――ふふふ。お武家の屋敷で丁半のご開帳よ」

「――ほう」

と、征史郎はこのひと言ですべてを覚った。賭博《とばく》はご法度である。町場に秘かに設けられた賭場《とば》に、町方が踏込んで胴元も客も一網打尽《いちもうだじん》にするのはよくあることだ。水野忠邦と鳥居耀蔵が猛然と進めている禁令のなかには、隠し売女《ばいじょ》とともに賭博もその一つとなっている。これには北町の遠山金四郎も現役時代の南町の矢部定謙も、かなり厳格に取り締まった。

だが、賭場の開帳がわかっていても、踏込めない所があった。武家屋敷だ。旗本は目付支配であり、大名家は大目付支配になっている。町方である町奉行所には、いわゆる支配違いなのだ。

武家屋敷に話をつけた胴元は、町方に踏込まれる心配がなく、客も心置きなく遊べ、武家屋敷にはテラ銭といわれる場所の貸し賃が入る。おもに屋敷内の中間部屋などがそれに使われた。

だが、改革の鳴り物入りで賭博停止令《ちょうじ》が厳格化されると、いずれの旗本屋敷も大名屋敷も自粛するようになった。町場の賭場が寄席や芝居小屋のようにつぎつぎと踏込まれ、さらに武家屋敷でのご開帳もめっきり少なくなったのでは、胴元は干上《ひあ》がり、遊び客はますます息抜きの場を失うことになる。いわば改革によって、賭場の需要はかえって増えたのだ。

与太はさらに言ったらしい。

「——それだけじゃねえぜ。武家屋敷に賭場が立ちゃあ、さらにまわりの貧乏長屋や商家を押しつぶし、料理屋や居酒屋、待合茶屋などを呼び込み、山本町の隅から隅まで俺たちの縄張にするのよ。あははは、浄心寺の裏手におもての門前より派手に賑《にぎ》わう町をつくろうって寸法さ」

与太の口調をまね、征史郎は語り終えた。

照謙が得心したように言った。

「なるほど、改革に便乗した鳥居耀蔵の〝私的な上知令〟ということか。そこに永代寺の門前に巣食っている与太どもを手先に、用人の垣井修介が強引に推し進めているってわけだな」

「そういうことになる。どうじゃ、やつらのやりそうなこととは思わぬか」

金四郎が応えた。

二人とも、怒りを極度に抑えた表情になっている。

照謙は金四郎の顔をのぞきこんだ。

「相手が南町奉行であれば、金四郎どのは生身《なまみ》の同業で、やりにくうござろうなあ」

「そうさ。それをわかってくれるのは、おぬしだけじゃ」

きょうの金四郎は、これを言いたくて来たのだ。

「現役であれば、しがらみもあるでのう」

ぽつりとつけたした。北町奉行と南町奉行が正面切って争えば、幕府の屋台骨を揺るがしかねない。金四郎にすれば、それは避けたいところである。

照謙はその意を汲《く》み、

「幽霊なればこそ、できることもある。すでにわしは、山本町に手をつけておるゆえなあ」

「すまぬ。おぬしの境遇を逆手《さかて》に取るようで」

金四郎は言いながらも、顔に安堵の色を浮かべた。

照謙は征史郎に視線を向けた。

「して、そなたが接触した与太は、門前町でもいずれの身内か言っておらなんだか」

「訊きました。向後《こうご》のつなぎの必要もありますゆえ。永代寺門前東町で、狐《きつね》の権左《ごんざ》と言ってくれれば、すぐつなぎは取れるから、と。なるほど目が細く、狐を連想させる顔でございました」

征史郎の調べはそこまでだった。永代寺の門前でも門前仲町、門前町、門前東町と三人の店頭が立ち、それぞれがしのぎを削り、東町が厄介な存在になっているという事情までは知らないようだった。隠密廻り同心が征史郎に合力《ごうりき》しているとはいえ、町方であればかえって店頭同士の内部事情まで調べるのは困難だろう。

寺社門前の町場がいかに奉行所支配とはいえ、潜入して素性が露顕《ばれ》れば、おそらく生きてその町を出ることは困難だろう。それほどに店頭たちの、他所には手を出さないが、縄張内に入って来る力は命がけで押し返すという信念は厳格なものなのだ。それによって多くの寺社の門前は、支配が町奉行所に移ってから百年近くも経ようというのに、独自の仕組みを維持してきたのだ。

そこは奉行所の隠密廻り同心や、にわか臨時廻りの征史郎よりも、無宿渡世《むしゆくとせい》を送ってきた箕助のほうが詳しかった。

金四郎も征史郎もそこに深くは気づいていない。照謙も現役のときは知らなかった。死して江戸に舞い戻り、増上寺門前で布袋の鋭吾郎や娘義太夫の蔦田屋琴太郎を知り、さらに無宿の箕助を身近に置いたことから、感じ取ったことなのだ。

(やはりここは、幽霊のわししか事態を収められる者はおらぬようじゃ)

照謙にはますます強く思えてくるのだった。

七

「師匠、わかりやしたぜ」

と、箕助が息せき切って戻って来たのは、陽がかたむきかけ、金四郎が征史郎をともない、浄心寺の山門を出てから間もなくのことだった。

おりよくと言うべきか、職人を供にした深編笠の武士が山門のほうへ向かったのを、本堂から日舜が目にして手習い処に足を運び、

「――いましがた境内で、北町奉行の遠山さまと思《おぼ》しきお武家を見かけたが。手習い処のお客人であったのかのう」

「――ほっ、さすがはお住。お目が高《たこ》うござる」

と、縁側での話で、照謙はそれを隠さなかった。

それればかりか、

「――山本町の件で、北町奉行所も頭を痛めているようでしてな」

と、金四郎が来た用件の一端を語った。

瞬時、日舜の表情は曇った。日舜も八百屋や家具屋など山本町の檀家から話を聞き、事態の複雑なことは一応理解しているのだ。

坊主頭を撫《な》でながら、縁先に立ったままでの話に、

「――なにか妙案があれば、いいのじゃがのう」

言いながら困惑した表情で本堂のほうへ戻ってすぐ、箕助が走り戻って来たのだ。照謙はまだ縁先にいた。息せき切って駈け寄った箕助は、

「いま、お客人はなさそうでござんすね」

確認し、

「ここで話してよござんすかい」

あるじの照謙を催促するように、手習い部屋のほうへ顔を向けた。

照謙はうなずき、部屋に上がり箕助と文机を挟んで腰を据え、

「聞こう。なにがどのようにわかったのか」

「へいっ。三人組は思ったとおり、門前東町の手の者でやした。東町の店頭は野ねずみの三五郎《さんごろう》と申しやして、まったく野ねずみみてえな貧相な面構《つらがま》えの野郎でして。あっしが以前ねぐらを借りやしたのは門仲のほうでやしたが、東町の三五郎は評判のきわめて悪い、ちまちました野郎でさあ。ま、あいつなら他人《ひと》への嫌がらせくれえ、朝めしめえでやしょう」

箕助は興奮というより、緊張した口調で言った。店頭の百年つづいてきた仁義に、野ねずみの三五郎とやらは背《そむ》き、他所に手を出しているのだ。門仲やそのとなりの店頭が、容認するはずがない。早くも箕助は、その場面を想像しているようだ。

照謙は解した。

(そんなやつだから、垣井修介と容易に結びついたのだろう)

もちろん、どちらが働きかけたかは知らない。垣井修介も南町奉行所の臨時廻り同心なら、奉行所の中である程度は永代寺門前のうわさは耳にしていたはずだ。野ねずみの三五郎も、いずれかのお武家が山本町を買い占めようとしている話を聞き、そこにつけ入ったのかもしれない。垣井修介にとって、立退きのうまく行かないなかに、やくざ者から立退き請負《うけお》いの誘いがあれば、それこそ渡りに船であったろう。ともかく両者は、似たもの同士で結びついたのだ。

話しながら、照謙の脳裡はめぐった。買収だけでも莫大な費用がかかるはずだ。さらに永代寺門前の店頭一家を丸ごと雇い入れるなど、用人の垣井修介一人でできることではない。

（元凶は、やはり鳥居耀蔵……）

怒りがこみ上げてくる。

「どうしやしょう。耕作と与作はいま家具屋に戻り、琴太郎姐《ねえ》さん……じゃねえ、お琴さんも八百屋の二階にいまも留《とど》まっているんでさあ」

「拐《かどわ》かしの脅しもあったことゆえ、暗くなるまでそなたとお琴はおサキの近辺から離れるでない。耕作と与作も、陽が落ちるまで家具屋に詰めさせておけ。あしたもだ」

「がってん。いえ、承知」

箕助は山本町に戻った。山本町の住人にすれば、手習い処の手の者が町内にいてくれるのは、なにかと心強いことだろう。


箕助は本堂の前を経て手習い処に戻って来て、またおなじ道順をたどって山門に向かい、荘照居成の前も墓場も通っていない。

このとき墓場に、水桶を手に墓参りを装って周囲を窺《うかが》う武士の姿があった。まえに箕助が気づき胡散臭く感じながらも、尾行を見逃した塗笠の二人組だった。桑名藩江戸家老服部正綏《はっとりまさやす》の命を受けた、横目付の二人である。まえに来たとき、二人の役務は〝矢部定謙《さだのり》〟が生きているかどうかを確かめるところにあった。――生きていた。

報告を受けた服部正綏は悩んだ。国おもてにも配下の者を走らせ、探った。蘇生した矢内定謙の江戸行脚《あんぎゃ》を許したのは、手証《てしょう》はないが、国家老の吉岡左右介《そうすけ》かもしれない。あのときの横目付二人の姿が、ふたたび浄心寺の墓場にある。正綏に下知《げじ》され、手習い処の立地を調べていたのだ。

二人は正綏に示唆《しさ》されていた。

――いずれにせよ、桑名で死去したことになっているお人だ。秘かにお命を頂戴するは、ひとえに藩のため
二人はその算段のため、こたびも塗笠の前をすこし上げてうなずきを交わし、悠然とその場を離れた。この日、暗殺の機会はなく、

（そのうち、確実な方途を考えようぞ）

目と目で語り合ったのだ。


矢部定謙あらため矢内照謙をめぐる動きは、もう一つあった。江戸を遠く離れた桑名藩の城下である。

国家老の吉岡左右介は落ち着かなかった。

「定謙どのは、出家する気は最初からなかったのではないか」

さらには、

「江戸の浄心寺より、定謙どのが身延山に入ったとの知らせはまだ来ぬか」

と、竜泉を自邸に呼んでは下問《かもん》していた。左右介の針の莚《むしろ》に座った思いは、薄れるよりも時とともに深刻さを増していたのだ。

竜泉は懸念した。

(ご家老が針の莚から逃れるため……、江戸へ刺客《しかく》を送ったりせぬか)

そこで左右介に申し出た。

「拙僧をいま一度、江戸へ遣《つか》わしてくだされ。定謙どのにせめて江戸を離れ、身延山に入るよう説いてみせましょう」

左右介に異存はない。

竜泉はふたたび江戸へ向かうことになった。もちろん、最初の約束どおり浄心寺を起点に諸国行脚に出るか、身延山に向かうことをうながしたい存念であり、そこに嘘はなかった。ただ照謙のようすによっては、

『国家老の吉岡左右介さまには、毎日があまりにも針の莚ゆえ、秘かにそなたを亡き者にして安堵を得ようとされるかも知れませぬぞ』

言うつもりである。もちろん、照謙に再度説得をこころみるなかでの言葉であり、身辺への注意をうながす言葉でもある。

(行くなら、ご家老が江戸へ刺客を放つまえでなくてはならぬ)

竜泉も焦りを覚えていた。左右介の脳裡にその算段のあることを、感じとっていたのだ。

（どうすべきか）

左右介はなおも迷っている。

そのうえで、竜泉の再度の江戸下向《げこう》を赦《ゆる》したのだ。

これで国おもてから刺客が発つのを、少しでも遅らせることになるかも知れない。しかし、江戸藩邸から服部正綏が放った刺客はすでに浄心寺に入り、機会を窺うため照謙の日常を調べはじめていた。

四　敵もさる者

一

箕助《きすけ》が、耕作と与作に与太三人のあとを尾《つ》けさせ、そやつらが永代寺門前東《ひがし》町《ちょう》を仕切る店頭《たながしら》野ねずみの三五郎の若い衆だと突き止めた翌日である。

（きょうは、おサキを安堵させるため、大事な日になりそうだなあ）

と、朝から照謙は緊張していた。

おサキも家具屋のせがれも、親につきそわれ手習い処に来たものの、やはり落ち着きがなかった。

（おまえたち、もうすこしの辛抱《しんぼう》だぞ）

手習いのあいだ、照謙は幾度も胸中に念じた。

きょうも箕助は手習い子たちがそろうのと入れ代わるように、中間《ちゅうげん》姿で山本町の八百屋の二階に詰め、耕作と与作は大八車を牽《ひ》き家具屋に出向いた。ときおり箕助の差配で古い家具を大八車に載せ、永代寺門前の町場をながす。家具屋を出た大八車が家具を積んでいるのだから、奇異なところはない。

角顔の耕作が軛《くびき》に入り、丸顔の与作が外側から轅《ながえ》につかまり、一緒に牽いている。二人とも、表情が生き生きとしていた。ついこのまえまでは、無宿者として役人や町々の住人の目に怯《おび》え、世間の鼻つまみ者になっていたのだ。

二人の足は永代寺門前の大通りに入った。人の往来するいずれかに、門前仲町と門前町、それに門前東町の縄張の境界があるはずだ。

「――おもては平穏に見えるだろうが、裏は一触即発だ。見極めておけ」

山本町の家具屋を出るとき、箕助に言われている。箕助はもとより耕作も与作も、そうした町場の緊張をすくい取る感覚には優《すぐ》れている。だからこそ人返しの令を巧《たく》みにすり抜け、いまも江戸にいるのだ。

「感じねえかい。この先が東町だぜ」

「ああ、そんな気がするなあ」

と、二人はさきほどから、参詣人が感じない空気を感じ取っている。そこに二人は、これまでにないやる気を覚えている。大八車を牽いて山本町の家具屋を出るとき、八百屋夫婦をはじめ町内の者が顔をそろえ、

「——手習い処のお人、お願いしますよ」

「——ほんに頼りにしていますからね」

と、見送られたのだ。

世間の鼻つまみ者だった二人が、いまでは町の人々から頼られている。

山本町を出てから、

「——さすがは箕助の兄イだ。あんな坊さんだかお侍《さむれえ》だかわからねえお師匠を、よく知っていたもんだ」

「——ほんとほんと。おかげで俺たちゃあ、世のためになるような仕事を与えられたんだからなあ」

轅の中から耕作が言えば、轅につかまっている与作が返していた。

その二人がいま、永代寺門前の町場でピリピリとした空気を感じている。衆《しゅう》目《もく》のなかに与太同士がいがみ合っているのではない。二人の受けたこの感触は、貴重なものだった。その緊張を帯びた感触は、門前仲町と門前町の店頭が、門前東町の仁義に背《そむ》く行為を座視しているのではないことを示している。

山本町では箕助の差配で、町の若い者が入って来た与太にぴたりとつき、荒稼ぎや馴《な》れ合いの万引き騒ぎを起こす間合いを封じている。

与太どもにとって、住人にさきを読まれ、包みこむようにまとわりつかれたのでは、手も足も出せず、かといって住人をむやみに威嚇《いかく》して相手にされなかったなら、それこそ格好がつかなくなる。すでにそのような場面が、表店の前などで幾度か見られ、住人は怯えることなく冷静に対応していた。

住人のなかには、及び腰になる与太どもに、ここぞとばかりに罵声《ばせい》を浴びせようとする者もいた。箕助がそれら住人を懸命になだめた。

「――騒ぎになるのは、やつらの思う壺だ。ともかく波風を起《た》てずに退散させることを最善とせよ」

照謙からきつく言われているのだ。

お琴も照謙に言われ、きのうの夕刻から増上寺門前の町場に帰っていた。布袋の鋭吾郎に、大事な話があったのだ。

永代寺門前東町の与太どもが、山本町の住人に〝年内だ〟など脅しをかけているのは、垣井修介に尻を叩かれてのことだろう。それがまた、鳥居耀蔵の意志であることを示していようか。おもてでは賭博《とばく》を厳しく取り締まり、裏では賭場《とば》を設け、一つの町を掌中《しょうちゅう》に収め、不当な利を得ようとしている……。

山本町にも永代寺門前の町場にも、騒擾《そうじょう》が起きようか。それで被害を受けるのは、その町の住人である。山本町ではすでにそれが子供にまで及び、顕在化しているのだ。

（やつらの算段を、急ぎ潰《つぶ》さねばならぬ）

照謙の脳裡では、すでに思慮の段階を過ぎている。一刻も早く手を打たねばならない。

陽は中天を過ぎ、昼八ツ（およそ午後二時）の鐘が聞こえた。浄心寺の境内にある鐘楼《しょうろう》で打っているのだから、その響きはことさら大きい。本来ならそれに負けないほど手習い子たちは派手な歓声を上げるのだが、きょうは聞かれなかった。町の危難を親から聞いて知っており、山本町の子でなくてもこれから帰らねばならないことに、逆に怯えを見せた。

きのうにつづき、山本町から八百屋と家具屋をはじめ数名の住人がおサキらを迎えに来て、手習い処からようやく子たちがいなくなった。手習い処の隠された一日が、いつもながらこの時点から始まる。

箕助が迎えの住人らについて、手習い処に帰っていた。それだけではない。増上寺門前に帰っていたお琴も、その時刻に合わせ戻って来た。

おなじように、手習い処へ訪《おとな》いを入れた者がもう一人いた。谷川征史郎だ。職人姿で、遠山金四郎の分身として来ている。浄心寺の手習い処は、永代寺門前東町の野ねずみ一家に対する軍議の場となった。

だが照謙を中心に、一同が仲間として結束しているわけではない。箕助もお琴も矢内照謙の前身を知らないし、両名とも浜松町の街道で谷川征史郎と一度会っているが、そのときの征史郎は深編笠の武士の配下として、野次馬の一人に過ぎなかった。箕助にもお琴にも、その存在は意識にもない。まして二人にとってきょうも職人姿で来ている征史郎が遠山家の用人で、北町奉行所の臨時廻りだなどとは、想像の範囲外のことである。

だが征史郎のほうは、浜松町の騒ぎでお琴と箕助の顔を、

（いずれ骨のある町人）

と、慥《しか》と覚えている。しかも二人が手習い処に出入りしているものの、照謙の前身を知らず、照謙もそれを伏せていることを心得《しら》ている。

征史郎、箕助、お琴はいま、それぞれに照謙に報せることがあり、手習い処に

顔をそろえたのだ。

手習い子たちの帰った手習い部屋で、照謙は征史郎を、

「以前からのわしの知り人《びと》でなあ、武家奉公の経験もあって顔が広く、なにかと役に立つ御仁でのう」

と、引き合わせた。箕助もお琴もそれだけで納得し、深くは訊かなかった。二人とも他人の以前に興味を示せば、自分も訊かれることを知っているからだ。

話は進んだ。箕助がまず口を開いた。

箕助が手習い処へ戻るまえ、午過《ひるす》ぎだった。耕作と与作が永代寺門前の町場から山本町に戻り、箕助に永代寺の町場のようすを話していた。

「いよいよ永代寺の門前の連中も、動き出したようですぜ」

箕助は披露した。〝一触即発〟の〝ピリピリした〟雰囲気のことである。

「あら、もうそんなところに影響が……」

驚いたように喙《くち》を容《い》れたのはお琴だった。

お琴はそのままつづけた。

「お師匠《しょ》さんに言われたとおり、きのうのうちに鋭吾郎親分に話しましたよ。永代寺の門前東町の店頭がどこぞのお武家とつるんで、浄心寺裏の山本町に手を出

そうとしていることをです。あたしの目で見たようすも話しました。布袋の親分さん、うすうす感じていなさったようですが、そこまで進んでいたのかと驚いておいでてござんした。仁義に背《そむ》く者は、叩き潰《つぶ》さねばならぬと語気を強め、夜のうちに門仲の市兵衛《いちべえ》親分につなぎを取っておいでのようでした」

「なるほど、耕作と与作が言っていた、一触即発のピリピリした空気たあ、それでやすね」

箕助が得心したように言ったのへ、

「おそらく」

と、照謙はうなずきを入れたが、征史郎はいまひとつ解せぬ表情だった。

照謙、箕助、お琴の感覚では、門仲の市兵衛が店頭の仁義に背く野ねずみの三五郎を放っておくはずがない。

門仲の市兵衛については、

「――そりゃあもう、仁義を心得たお人で」

「――増上寺門前の布袋の親分さんに似たお人ですよ」

と、箕助とお琴は口をそろえていた。

耕作と与作が永代寺の門前にピリピリしたものを感じたのは、もちろん以前から対立の種があったからでもある。こたびはそこへお琴が布袋の鋭吾郎を動かし、その夜のうちに鋭吾郎が門仲の市兵衛につなぎを取ったのが、拍車を掛けるところとなった。市兵衛がおなじ門前の同業に話を持ちかけ、一夜明けたけさ早くから門前東町へ、流血覚悟で物見の若い衆を入れていたのだ。

征史郎はそうした永代寺門前のようすや、門前東町の与太どもがきょうも山本町に出ている話を聞き、職人言葉で話の仲間に入った。

「その与太どものなかに、狐のような面《つら》をした、権左《ごんざ》って野郎はいやせんでしたかい」

「ほっ。おめえさん、狐の権左を知ってなさるか。野郎め、東町の野ねずみ一家の中じゃ、けっこういい顔ですぜ」

箕助が応えたのへ、

「ほう、ほぉう」

と、征史郎はようやくこの場の話に乗ることができた。

箕助はつづけた。

「その狐の権左でやすが、あっしが八百屋の二階で耕作と与作から、永代寺門前の話を聞いているときでさあ。ちょうど煤竹売《すすたけう》りが下に来やしてね。すると狐野郎も仲間二人とつながって来て、帰《けえ》れ帰れ、この町でそんなの買うやつなんざいねえぜ、なんて煤竹売りを追い返しやがってよう」

「まあ、なんていう嫌がらせなんでしょう。表店のお栄さんや茂市郎さんたち、さぞ悔しい思いをしなさったでしょうねえ」

お琴が返したのへ、照謙も征史郎もその嫌がらせの意味を解した。

江戸では毎年極月（十二月）十三日に、武家も町家も大掃除をして一年の煤《すす》を払っている。江戸城の大奥がこの日に大掃除をしているのが武家地に伝わり、町家でもそれに合わせ、外に出した畳を叩く音があちらの路地、こちらの角から聞こえてくるのが、年末の江戸の町の風物詩となっている。

煤払《すすはら》いの笹《ささ》のついた竹棹《たけざお》を売り歩く煤竹売りの姿が見られるようになると、江戸の町は一気に年の瀬の慌ただしさを感じることになる。そのなかでの嫌がらせだから、住人にはただの悪態よりも強く響くものがある。この町ではもう、大掃除の必要はないぞ、と言っているのだ。

箕助とお琴は、いまさらながらにハッとした表情になり、照謙と征史郎も深刻そうに顔を見合わせ、うなずきを交わした。

四人の脳裡に、

（十三日の夜！）

直感するものがあった。手習い処の目見得の前後からきょうまで、目の前の緊張に気を取られ、迂闊《うかつ》にも年末の風物詩である煤払いの一日に、思いが至らなかったのだ。

二

煤払いを終えた日の夕刻、商家では商舗《みせ》の前に縁台を出し、手伝ってくれた人や取引先の人々に感謝の意を込め、年忘れの酒や肴《さかな》をふるまい、それは往来人にまで及ぶ。各町内でも長屋の住人たちが往還に縁台を出し、互いに酌《く》み交わし、道行く者を呼びとめては一杯ふるまったりする。この日の夕刻は、それを目当てに町々を渡り歩く者もいる。

この光景は、武家屋敷の中でも変わりはない。庭に面した縁側に屋敷からのふるまい酒が出され、女中も中間も一緒に呑み、普段は口もきかない相手とおしゃべりに興じながら酌み交わす。つまり無礼講《ぶれいこう》である。

もう一つ、町家でも武家でも似た光景が見られる。商家では日ごろ口うるさい番頭などが奉公人につかまり、かけ声とともに胴上げをされ、一年間の鬱憤晴《うっぷんば》らしであろう、放り上げたまま受けとめる者がおらず地に落とされる。それが武家屋敷では日ごろ威張っている用人が目をつけられ、場合によっては腰元たちの一群から女中頭《じょちゅうがしら》が標的にされる。身に覚えのある番頭、用人、女中頭など昼間は口うるさく煤払いを差配していても、夕方近くになればいずれかへ身を隠してしまうのも、この日のほほえましい光景となっている。

ならば、

（その騒がしさに乗じ……。あり得ることではないか）

いま手習い処の居間に膝を交える四人の脳裡に、同時に走ったのだ。

照謙の差配は早かった。

「お琴、増上寺から戻って来たばかりで申しわけないが、また行ってくれ。布袋の鋭吾郎に、永代寺門前の野ねずみ一味の始末には、土地《ところ》の店頭の仁義に期待する、と。地所の買収に糸を引いている垣井修介なる二本差には、わしに心当たりがあるゆえ任せよ、とも。いますぐにだ」

「はい」

お琴は歯切れよく返したが、まだ腰を上げようとしない。

垣井修介の名を口にしたとき、照謙は征史郎と目を合わせ、かすかにうなずきを交わしたのだ。部屋には四人しかいない。箕助も気づいたようだ。遠慮があるのか、問いを入れることなく、お琴と箕助は怪訝《けげん》そうに顔を見合わせた。

照謙は二人の疑念を持ったようすに気づき、

「この御仁はのう、奉公に上がった武家屋敷は一つや二つではない。渡り者というて、あちこちの屋敷を渡り歩いて、それだけ顔も広うてのう。その気になれば垣井修介なる者など、簡単に素性《すじょう》を突きとめられるのだ。だから〝なにかと役に立つ御仁だ〟と言ったのだ」

「へえ」

箕助が怪訝な表情のまま返し、お琴も似たようなうなずきをするなか、照謙は職人姿の征史郎に、

「おぬしにも煤払いの日まで、此処《ここ》に詰めてもらうぞ。いつも世話になっている屋敷にいますぐ行き、一応断わりを入れておいてくれ。おぬしにどこまで合力を頼んでいいか、屋敷の旦那の意見も聞きたいしのう」

「はは。あの旦那のことでさあ。存分に助《す》けてやれと言うに決まってまさあ」

自信ありげに言いながら腰を上げ、縁側に出る征史郎の背を、

「おそらくな」

と、照謙は期待を込めて見送った。

もちろん照謙と征史郎のいう〝旦那〟とは、遠山金四郎のことである。

それを伏せなければならないのを、照謙は心苦しく感じている。箕助とお琴に打ち明ければ、二人とも愕然《がくぜん》となるだろう。だがそれは瞬間的なもので、二人とも北町の遠山金四郎ならばと得心し、かえって向後《こうご》の仕事がやりやすくなるかもしれない。

しかし二人に明かせば、照謙がなぜ遠山金四郎と懇意か話さなければならなくなる。浄心寺では日舜しか知らない真実を打ち明けねばならなくなるのだ。いかに口止めをしようが、耕作と与作も知るところとなり、やがて浄心寺の檀家衆はむろん、増上寺や永代寺の町々にも広まろうか。それは桑名藩と庄内藩のためにも、絶対にあってはならないことなのだ。

（すまぬ）

照謙は胸中に詫《わ》びた。

征史郎の足音が縁側に遠ざかると、

「あらあら、あたしも増上寺に戻らなくっちゃ。あしたの朝、また来ます」

お琴が疑念の消えないままつぶやき、腰を上げた。

「うむ」

照謙は真剣にうなずき、見送った。たとえ北町の遠山金四郎であっても、自分がまだ南町の現役の奉行であったとしても、

(でき得ぬことを)

布袋の鋭吾郎と門仲の市兵衛に託《たく》そうとしているのだ。そのつなぎ役が、蔦田屋琴太郎なのだ。照謙の、お琴への期待は大きい。

文机のならぶ手習い部屋には、照謙と箕助の二人が残った。

外はまだ明るい。

「御坊、いや、お師匠！　それとも、旦那！　どう称《よ》べばいいんですかい。あっしにゃもうわけがわからなくなりやしたぜ。ともかく煤払いはあさってだ。当然手習いは休みでやしょう。それとも、おサキ坊と家具屋のせがれだけでも、此処に呼びやすかい」

「ふむ」

照謙は深刻な表情でうなずき、

「それも一考だが、二人だけ呼ぶのは、かえって緊張を高めることになろう。そ

れに、わしのことだが、どの呼び方でもいい。その都度《つど》おまえが適当に考えろ」

「へえ」

箕助はうなずいた。これまで照謙が箕助を呼ぶときは〝そなた〟のときもあったのが、いまはすっかり〝おまえ〟になっている。それだけ照謙は箕助を身内と認め、箕助のうなずきにも、明確に主従となった響きがあった。照謙の心情において、それはお琴にも、さらに耕作と与作にも及んでいた。

(ゆえにわしは、伏せるべきは伏せ、いっそう矢内照謙であらねばならぬ)

矛盾する気持ちが、照謙の胸中に錯綜《さくそう》していた。

箕助が文机の上に身を乗り出し、ふたたび言った。

「あさってですぜ」

「わかっておる。〝敵〟の動きを見るためにも、こちらから変わった動きを見せてはならぬ。おまえは暫時《ざんじ》、山本町に設けた足溜りに詰めるのだ。少しの変化も見逃すな。それによって我らの策を考えようぞ。行け」

「へいっ、承知」

中間姿の箕助も、梵天帯の腰を上げた。

手習い部屋に一人となった照謙は、

「ふーっ」

大きく息をついた。

幽霊になった照謙が、かかる俗世の揉め事に足を踏み入れたのは、もちろんおサキの存在がきっかけとなり、山本町を理不尽な魔の手から救おうとしているところにある。しかし、矢内照謙は矢部定謙でもある。究極の目的は、(身勝手な上知令を白日《はくじつ》の下《もと》にさらし、あの妖怪の実相を世に知らしめ、水野忠邦を失脚させ、本来の江戸を取り戻す)

ところにあった。

ちなみに〝妖怪〟とは、鳥居甲斐守《かいのかみ》耀蔵《ようぞう》の官位と名を反転させてつけられたあだ名である。以前よりその陰湿なやり口から〝蝮《まむし》の耀蔵〟と陰口を叩かれ、矢部定謙を虚言によって失脚させ、みずから南町奉行に就いたころには、〝妖怪〟のあだ名はすでに江戸市中に定着していた。

三

(妖怪配下の垣井修介に野ねずみめ、動いておろうなあ。まるで臭介《しゅうすけ》に野ねず

みの組み合わせだ。どちらも日陰の溝《どぶ》の中、動くならあさって、十三日の夕刻か)

照謙は踏んでいる。

いま山本町では、耕作と与作が大八車を牽いて家具屋の奉公人を装《よそお》い町内に気を配っており、八百屋の二階には手習い処から戻ったばかりの箕助がふたたび詰めている。

その耕作が息せき切って、

「箕助の兄イから、直接、師匠に報せろと言われやしてっ」

と、手習い処に駈け込んで来たのは、日の入りにはまだいくらか間のある時分だった。

「どうした！」

照謙は縁側に出た。山本町に動きがあったようだ。

耕作は言った。

「南町奉行所の与力と同心が大勢の捕方を引き連れ、山本町に入《へえ》りやした」

「なに！」

驚きだ。こたびの件は鳥居家用人の臭助こと垣井修介と野ねずみ一家がおもてで動いており、奉行所の役人が出て来るとは想像していなかったのだ。それに、南町奉行所の役人となれば、かつて矢部定謙の配下だった者かもしれない。

「いかように、詳しく申せ」

照謙は角顔の耕作を手習い部屋に上げ、障子を閉めた。

陣笠に羽織袴の与力が一人、鉄板入りの鉢巻にたすき掛けの同心が一人、

「あと手甲脚絆《てっこうきゃはん》に六尺棒の捕方が十人ほど、いま山本町の自身番に入り、町役たちの接待を受けておりやす」

与力は悠然と歩を踏み、同心が住人たちに、

「――あさっては煤払いの日だが、心配するな。あしたもあさっても来て、騒ぎの起こらぬよう俺たちが自身番に詰めておるからのう」

と、触れていたという。

それがなぜ南町奉行所と判ったのか、

「へえ。その同心の面《つら》を箕助の兄イが知っておりやして。以前、追われたことがあるそうで。名は知らねえとのことでやすが。兄イは用心して、いま山本町にいることを気づかれてはおりやせん」

「ふむ、それは重畳《ちょうじょう》。よし、わしも見に行ってみよう。ついてまいれ」

と、照謙はその場から髷《まげ》のない頭に塗笠をかぶって顔を隠し、同心や捕方と顔を合わせぬよう耕作を前に立て、山本町に入った。

「これは旦那」

と、箕助は八百屋の二階に陣取っていた。

「えっ、旦那もやつらの面が見てえと？　やつら、自身番へ入《へえ》るのにこの下を通りやしたから、待ってりゃあ帰《けえ》りもきっとここを通りまさあ」

さすがは元無宿だけあって、役人の動向には勘が鋭い。日の入り近くだから、そう待たずに一行の顔が確認できるだろう。

おサキは一階で両親の茂市郎とお栄のそばを離れなかったが、師匠の照謙が来ると二階に上がって来た。

待つあいだに、茂市郎が近所から聞いて来てくれた。

「きょう午前《ひるまえ》に、まだこの土地にいなさる地主ら町役さんたちが、いずれかの与太が町に入って来て住人が反発し、ひと騒ぎ起きそうだから自身番にお役人を配置してくださらんか、とついに奉行所へ陳情したらしいのですよ」

奉行所はただちに反応し、捕方を率いた同心だけでなく、与力まで配置したようだ。南町でこうも迅速に役人を動かすことができるのは、奉行の鳥居耀蔵以外にない。

(こたびの件、詳細に至るまで、すべてあの妖怪の差配か)

照謙はあらためて確信した。

だが、

(なにをしようとしておるのか)

修介は妖怪に使嗾《しそう》され、煤払いの慌ただしさのなかにいっそうの嫌がらせを展開し、住人の逃げ出す日を早めようとしているのではないか。奉行所の与力や同心を山本町に入れ、その仕事をする与太どもを抑《おさ》えこむなど、

(いかなる算段あってのことか)

思っているところへ、

「師匠、来やした！」

おサキがそばにいるから、〝旦那〟ではなく〝師匠〟と、しおらしく称《よ》んだのだろう。箕助の声に、照謙は障子窓のすき間に顔をあてた。

(あれは！)

照謙には驚きだった。四十がらみの与力は大野矢一郎《おおのやいちろう》であり、三十がらみの同

心は小林市十郎《こばやしいちじゅうろう》だった。いずれも精悍《せいかん》な風貌《ふうぼう》であり、矢部定謙が〝忠義の士〟と認めていた与力と同心なのだ。矢一郎は奉行の下知に忠実で責任感も強く、市十郎は与力の下知を着実に成し遂げる実直な同心なのだ。

（ふむ。そうであるか）

照謙はすぐに解した。二人とも事の理非《りひ》ではなく、上からの命令に忠実な士なのだ。その意味では役人の鑑《かがみ》といえようか。ならば、奉行が矢部定謙から鳥居耀蔵に代われば、つぎは鳥居耀蔵に忠誠を尽くしてもなんら不思議はない。そこに照謙はうなずいたのだ。

その日おなじ夕刻近く、お琴は布袋の鋭吾郎に従い、永代寺門前仲町に出向いていた。浄心寺や山本町を離れれば、もとの蔦田屋琴太郎だが、衣装は役人の目をはばかって娘義太夫の派手な袴《はかま》や着物でなく、いまではすっかり身についた地味な町娘の装いである。

鋭吾郎にとって永代寺門前は、まったく他人の縄張《しま》である。血の気の多い一家の若い衆を連れて行くなどできることではない。そこで鋭吾郎は町娘のお琴をともなうことにしたのだ。ともなうというより、事前に門仲の市兵衛とつなぎを取ったのは、蔦田屋琴太郎なのだった。

四十がらみの市兵衛は、布袋の鋭吾郎とは対照的に引き締まった感じの店頭である。門前東町の野ねずみの三五郎の動きには以前から苦々しく思い、どこかで歯止めをかけなければと考慮していたところだったのだ。

しばらく見なかった蔦田屋琴太郎が、町娘姿でひょっこり現われて、

「——増上寺門前の布袋の親分と、浄心寺の手習い処の意を受けて……」

などと申し入れたものだから、

「——えっ、おまえがか？　まあ、聞くだけなら」

と、応じたのだ。

お琴が照謙に言われ、まず近くの永代寺門前仲町に行き、それで決まった鋭吾郎の永代寺訪問だから、威圧的に一家の若い衆を引き連れていくわけにはいかなかったのだ。

膝詰《ひざづめ》の場は、門前仲町のあまり目立たない小料理屋の奥だった。引き締まった体軀《たいく》の市兵衛とはいえ、やはり面と向かえば、

「お久しゅうございまする」

と、貫禄の差は埋めがたく、辞を低くする。蔦田屋琴太郎が町娘のお琴になっ

て同座しているのが、座をなごやかにしている。しかしお琴は、座をなごやかにするために同座しているのではない。浄心寺の手習い処の遣《つか》いとして、あらためて来ているのだ。

浜松町での矢内照謙との出会いから、照謙が浄心寺の手習い処の師匠に収まった経緯、山本町の住人立退《たちの》きに係り合っている理由など、すでにお琴が話している。門仲の市兵衛も、僧侶とも修験者とも武士ともつかない、矢内照謙なる人物にすこぶる興味を持ったようだ。

おなじその日にふたたび鋭吾郎と行ったとき、立退きを背後で操《あやつ》っている武家に、照謙が心当たりのあることを語った。

門仲の市兵衛はうなずき、お琴は矢内照謙が〝武士への対応は任せよ〟と言っていることを新たに話した。そこに布袋の鋭吾郎がつなぐように言った。

「そのとき、周辺の同業（店頭）が永代寺門前に係り合わぬよう、増上寺門前からわしが目を光らせていようじゃねえか。目障《めざわ》りな野ねずみ一家をどう始末しようと一切関与せず、また誰にも口出しはさせねえ」

「うぅむ」

門仲の市兵衛はうめき、

「その浄心寺の矢内さまとおっしゃるお方は、背後の武家がいつ動くとみておいでてでござんしょう。そこにわしらも合わせやしょう。なあに永代寺門前の同業たちは、わしが言えば応じてくれまさあ。野ねずみを放っておけねえのは、みなおなじでやすからねえ」

「あさって、煤払いの日……です」

「わしも、そう思いやすぜ」

門仲の市兵衛の問いにお琴が応え、布袋の鋭吾郎も肯是《こうぜ》したのへ、市兵衛はさらに、

「永代寺門前の不祥事は、永代寺門前のなかで始末をつけさせてもらうぜ。野ねずみがいずれの不心得な侍《さむれえ》とつるんだのか、うまく使われているのかは知らねえが、山本町の騒ぎは縄張外《しまそと》のこととして、一切係り合いやせんから……と、浄心寺の旦那に伝えておいてくんねえ」

と、話が一段落ついたとき、外はすっかり暗くなっていた。

門仲の市兵衛が町駕籠《まちかご》を二挺、小料理屋の前に呼んだ。

鋭吾郎がお琴に言った。

「おめえ、これから浄心寺に戻るかい。矢内さまが待っておいでだろうから」

「いやですよう、親分。浄心寺の境内に、うら若い娘が寝泊まりできる場所などござんせんよう」

「それもそうだ。駕籠屋さん、二挺とも芝の増上寺にやっておくれ」

「へいっ。行くぜ」

「おう」

二挺の駕籠尻が地を離れた。


浄心寺の手習い処では、照謙と職人姿の谷川征史郎、それに箕助が行灯《あんどん》に火を入れた居間で、

「お琴に増上寺門前の鋭吾郎がついておれば、門仲の市兵衛とやらも話に乗るだろう。あとは永代寺門前の店頭たちの仁義に任せよう」

「門仲の市兵衛親分は布袋の親分に似てなすって、仁義を外さねえお人でやすから、野ねずみがちょろちょろ動けるのも、煤払いのあさってまでということになりやしょうかねえ」

照謙と箕助が話したのへ、

「さようでございやすかい」

と、征史郎はまだ、いまひとつ理解できないような表情だった。

いったん北町奉行所に戻った征史郎は、日の入り間もなくのころには、

「――へへ、言ったとおり、屋敷の旦那は存分にやって来いと言っておいででやしたぜ」

と、浄心寺の手習い処に戻って来ていたのだ。その手際のよさは、遠山金四郎のこの事態への意気込みを示すものでもあった。

耕作と与作も山本町から帰って来ており、手習い部屋で搔巻《かいまき》をかぶり、明日に備えいびきをかいていた。

四

きのうのお琴は、午過《ひるす》ぎに永代寺門前仲町に出向いて門仲の市兵衛に会い、さらに増上寺門前に戻って布袋の鋭吾郎に事情を話し、ふたたび二人で門仲の市兵衛を訪ねるという、綱渡りのような活躍をした。そのお琴が手習い処に顔を見せたのは、一夜が明け手習い子たちがそろいはじめたころだった。入れ替わるように、耕作と与作が山本町に出向いた。

「きのうはほんと、これぞ俠客《きようかく》と俠客の膝詰《ひざづめ》に立ち会ったとの思いがしました」

と、お琴は誇らしげに言い、きのうの成果を語った。

「それはすげえ」

箕助が感嘆の声を上げ、

「門仲の店頭がその気になり、布袋の親分がまわりのご同業につなぎを取ったなら、さあ見ていなせえ。あしたの煤払いが終わったころにゃ、永代寺門前から野ねずみは一掃されていまさあ。それも人知れずに」

と、頼もしそうに言う。

職人姿の谷川征史郎が、

「まあ、あっしも寺社門前の特殊性は知らねえわけじゃござんせんが」

と、幾分いまいましさを込めた口調で言い、

「だったら、こちらの山本町のほうは、狐の権左ら与太どもの徘徊《はいかい》を気にせず、臭介の動きに注意しておればいいってことか」

〝修介〟も〝臭介〟も発音はおなじだが、その名を口にするとき、征史郎の胸中ではもう〝臭介〟が定着している。照謙の胸中もおなじだった。

しかも、鳥居耀蔵が矢部定謙を誹謗《ひぼう》中傷し、南町奉行罷免《ひめん》と桑名藩お預けへと

追い込むのに奔走したのが、鳥居家用人の垣井修介だったのだ。仏になり神と祀られても、名を変え新たな道を歩み始めても、忘れられるものではない。その怨《おん》念《ねん》を箕助やお琴に勘づかれないように、

「そういうことになる。臭介め、妖怪の差配で住人を立ち退かせるなんらかの動きを見せるはずだ」

「それが、おサキ坊の拐《かどわ》かし……」

箕助が言ったのへ、

「許せません、断じて」

お琴がつないだ。二人とも照謙がかくも熱心なのは、おサキが手習い子として来ているからだと解釈している。

そのおサキが手習い帳をひらひらさせながら駈けて来た。家具屋のせがれがそのあとを追っている。付き添いは八百屋のお栄一人だけだった。

「どうした。ご亭主や町の衆は……」

照謙はその無防備さに思わず声をかけた。

お栄は返した。

「はい、きょうは朝からきのうほどではないにしろ、同心の旦那が捕方三人を引

き連れ、山本町の自身番に入りなされて、はい……」

満足そうに言い、

「頼りにならなかった自身番が、すっかり頼もしくなりました。お奉行所では、あしたもきょうとおなじ人数を出してくださるって。これで見ただけで気分が悪くなる人たち、もう町には入って来られないはずです」

と、きょうは同心の小林市十郎だけのようだ。捕方も十人から三人に減っている。一揆《いっき》や打毀《うちこわ》しが起きているわけではない。町の治安を見届けるだけなら、充分な人数だ。与力まで出張《でば》ったきのうの陣容は、いつでも人数を繰り出すぞとの奉行所の意志を示すものだったようだ。

おサキと家具屋のせがれの付き添いがお栄一人というのは、同心がきょうも六尺棒の捕方を引き連れ、町に入ったという安堵感からであろう。

手習いが始まってから、箕助とお琴は山本町に出向き、征史郎は北町奉行所との緊急のつなぎのため、手習い処の居間に残った。

浄心寺では、あしたの煤払いをまえに墓の掃除もしておこうとする、水桶を持った檀家の姿がけっこう見られた。これも毎年の風景だ。

昼八ツの鐘が響いた。きのうは手習い子たちに歓声はなかったが、きょうはどの子も親から聞かされているのか、大きな歓声を上げた。家具屋のせがれはむろん、おサキにも笑顔が戻っていた。

「——きのうから町にお役人が入って、悪いやつらが来ないよう見張ってくれていなさるからね」

親たちは言っていたのだ。

山本町のようすを見に出向いていたお琴が戻って来た。ちょうどおサキが縁側から庭に飛び下りたところだった。声をかけた。

「おっ母《か》さんもお父《と》つぁんも、忙しくって来られないって。でも大丈夫だから、お友だちと一緒に帰っておいでって」

おサキの明るい返事に、縁側から照謙の声が重なった。

「おいおい、大丈夫なのか」

「はい。与太さんたち、朝からいままで一人も来ておりません。町内で見かけるのは、見まわりのお役人たちばかりです」

手習い子たちはさきほどの歓声のつづきか、さきを競うように手習い帳や筆入れを手に走り去った。

「あっしが町まで見守りやしょう」

居間から出て来た征史郎が雪駄《せった》をつっかけ、子たちのあとを追った。縁先には照謙とお琴のみが残った。

「本当に大丈夫なのか」

「うふふ。さきほども申しましたように、むしろあたしや箕助さんのほうが、お役人の目を盗み、逃げ隠れしているくらいですよう」

「あははは、つい先日までは、おまえたちが役人に追われていたのだからなあ。おっと、笑いごとじゃないか」

「ほんと、笑いごとじゃありません。耕作さんも与作さんも外に出られず、屋内にまるで隠れるように凝《じ》っとしています」

話しているところへ、箕助が耕作と与作を連れて帰って来た。大八車を牽いている。

「これ以上、八百屋や家具屋を根城《ねじろ》にしていたんじゃ、あしたにそなえ商舗《みせ》のかたづけなどを手伝わされそうでよ」

箕助が言ったのへ、はたして耕作も与作もうなずいていた。

陽射しはあっても縁先での立ち話は寒く、一同は手習い子のいなくなった部屋に場を移した。

この光景を、墓場から窺《うかが》っている二人組がいた。一人は武家で、一人は中間姿だ。主従のように見せかけているが、箕助は本堂前の境内から帰って来たので、距離はあるが灌木群《かんぼくぐん》を挟んで二人組と向かい合うかたちになり、そうでないような雰囲気を感じ取っていた。

さすがは箕助か、そのときは素知らぬふりをし、手習い部屋に入るなり、

「旦那、いつぞやの二人組、そこに来ていやすぜ」

「ふむ。よく素知らぬふりをしてくれた。子たちが縁側に飛び出たときから、すでに来ておった」

と、照謙も怪しい主従に気づいていた。

お琴は気づかず、聞いて緊張の表情になった。

耕作と与作が外をのぞこうとしたか障子に手をかけたのへ、

「こら、よさねえか」

箕助が一喝《いっかつ》して照謙に顔を向け、

「旦那、一人はあっしとおなじ梵天帯の中間を扮《こしら》えておりやすが、二人ともい

つぞやの侍《さむれえ》に違《ちげ》えありやせんぜ。それがきょうは武家主従たあ、ますます怪しい。尾《つ》けやすかい」

「いや、放っておけ。気づかぬふりをするのだ。やつらがいまなにを話しているか、およその想像はつく。そのうち、向こうから正体を現わそうよ」

照謙は自信ありげに言った。

江戸家老が、国おもての動きに気づかぬはずはない。

(もし、わしが服部正綏《まさやす》なら……)

そこに立場を置き換えれば、

(国おもてと対立してでも……)

すでに推測の域を越え、断定に近いほど照謙はその正体に気づいていた。桑名藩の江戸屋敷には服部正綏はむろんのこと、あのときの警備衆のなかにいて、

(わしの顔を見知った者は、けっこういるはず)

と、あらためて藩邸出立《しゅったつ》の日の場面を思い起こした。

その二人、主従ではない。桑名藩江戸藩邸で数少ない、矢部定謙の顔を見知った横目付たちである。

江戸家老の服部正綏は悩み抜いた。

（藩のため）

得た結論は一つしかなかった。

（世に信じられているとおり、人知れず鬼籍《きせき》に戻っていただこう）

刺客《しかく》に選ばれたのはやはり、矢部定謙が生きていることをつかんだ、あの横目付二人だった。二人は墓場で立ち話をしている。

「見よ。定謙さまはただの手習い師匠になったわけじゃなさそうだぞ。手習い子たちが帰るのと引き換えに、得体の知れぬ若い男と女が入った。それに荷運び人足も二人」

「職人姿がもう一人、こやつはずっと手習い処にいたようだ。さっきいずれかへ急いで出かけたようだが」

「寺の下働きでもなければ、手習い処の奉公人と解釈するには無理がありそうだし、俺たちに気づいて人数をそろえたようにも思えぬが」

「おそらく。かくも数がいたのでは、きょうは夜になっても打込むのは無理だ。あしたの煤払いに期待しよう」

「ふむ。あしたはいつもと異なる日常ゆえ、機会も生じようかのう」

と、武家主従を扮えた二人は、灌木群に入ったところできびすを返し、墓場のほうへ引き返した。帰る先は、箕助が尾けなくても八丁堀の桑名藩藩邸であることを、定謙あらため照謙は察知していたのだ。

桑名藩江戸藩邸の横目付たちにとって、浄心寺裏手の町場の騒ぎなど、与《あずか》り知らぬことである。念頭にあるのは、江戸家老の服部正綏から命じられた、

――藩のため、定謙どのに早急に鬼籍に戻っていただくこと

のみである。その機会を、あすの煤払いに求めようとしているのだ。

もちろん箕助は、二人組の武家主従を胡散臭《うさんくさ》いやつらと見なしているが、思いはそこまでである。お琴もおなじで、照謙の前身を知らなければ、桑名藩など思考の範囲外のことなのだ。桑名藩のことが念頭にあるのは、遠山家用人の谷川征史郎だけである。むろん征史郎はそれを、箕助やお琴の前ではおくびにも出さない。

その征史郎が、山本町から戻って来た。職人言葉が板についている。あるじの金四郎と身分を隠し、市井《しせい》を徘徊《はいかい》していたとき、自然と身についた技量だろう。それがいま、役に立っている。

縁側から手習い部屋に上がるなり言った。箕助、お琴、耕作、与作の手習い処

の陰の面々が全員そろっている。

「まったく箕助どんの言うとおりでさあ。自身番にはこれ見よがしに役人が陣取り、与太が近づくすきなどありゃしねえ。あれなら親も安心して自身番を頼りにし、八百屋も家具屋も他人が詰めていたのじゃかえって気をつかい、この忙しいなか邪魔にも思いやしょうよ」

「そうでしょう、そうでしょう。きょうばかりはあたしらのほうが、落ち着きませんよ」

征史郎の言葉にお琴が返したのへ、耕作と与作がしきりにうなずいていた。

「それが本来の、自身番と町のあるべき姿だ」

元南町奉行の矢部定謙あらため矢内照謙は、わが意を得た思いで言ったが、

（しかし、おかしい）

鳥居家用人の垣井修介が、与太の野ねずみ一家を使嗾《しそう》しておサキの拐かしまでにおわせ、鳥居耀蔵の私的な上知令を強行しようとしているところへ、

（なにゆえ役人を入れ、野ねずみ一家の与太どもを遠ざけているのか）

五

その日、浄心寺は朝から大勢の檀家衆が手伝いに来て、読経《どきよう》よりも境内に出した畳を叩く音が響き、慌ただしい一日となった。

手習い処は静かだった。きょう一日、休みだ。開いてよりまだ一月《ひとつき》も経ておらず、払うべき煤もたまっていない。

寺には手伝いの手が多数入っており、照謙は箕助たちを寺の煤払いに出すよりも、山本町の檀家で寺に手伝いを出している家々の手伝いに遣《つか》わした。日舜も寺と檀家のつながりを考え、そのほうにうなずきを見せた。八百屋と家具屋は、自身番が豹変《ひようへん》し町の安寧《あんねい》に本腰を入れはじめたことに安堵したものの、やはり娘や息子たちが心配か、寺へは手伝いに出ず、子たちに、

「家からあまり遠く離れないように」

注意を与え、それぞれの家の煤払いに集中した。

箕助、耕作、与作は檀家の畳運びや簞笥《たんす》の出し入れを手伝い、お琴は赤子の子守りなどをし、けっこう重宝がられていた。むろん四人とも、ときおり廻《まわ》って来

る同心と捕方たちから巧みに身を隠し、八百屋のおサキをはじめ子たちの無事を確かめていた。

「いまのところ、何事もありやせん」

と、耕作と与作がときおり交替で、報告に手習い処に戻って来ていた。箕助が差配しているようだ。お琴もどこかの赤ん坊を背負い、町の平穏を伝えるため戻って来た。

「あたしたちが警戒の役務を帯びていることなど、町のお人らにもお役人たちにも気づかれておりません」

報告するのへ、

「ご苦労。引きつづき、町の動きから目を離すな」

照謙は返した。

手習い部屋の縁側に、照謙と職人姿の征史郎は出ていた。故意に外から見える位置に身を置いているのだ。

きょうも墓場には水桶を手にした墓掃除の人影が出ているのが、冬枯れた灌木群の向こうに見える。そのなかに中間の二人組が立ち動いている。きのうの武家主従である。

征史郎が言った。照謙と二人のときは、さすがに武家言葉になる。

「来ているようでございますなあ、きのうは主従を扮えていたと聞きましたが」

「刺客にしては、芸がないのう。腰に差しているあの木刀を見よ。仕込みであろう。けっこう重そうだ」

「照謙さまはやはり、桑名藩江戸藩邸の者と……」

「吉岡左右介どのが、国おもてから刺客を差し向けるとは思えぬ」

「遠山の殿《うち》に頼み、手練《てだ》れの者を幾人か詰めさせましょうか」

「いや、それには及ばぬ。あれが桑名藩の服部正綏どのの手の者なら、伊賀者の端《はし》くれと見なければならぬ。派手に打込んで来ることはあるまい」

いま中間二人が手習い処に駈け寄り、腰の仕込みを抜いて斬りつけたりすれば、たちまち煤払いの寺は大騒ぎになり、這《ほ》う這《ほ》うの態《てい》で逃げ帰るか、返り討ちに遭うかであろう。服部正綏の選んだ刺客が、そんな打込みはしないだろう。

「秘《ひそ》かに、人知れず……ですね」

「さよう。だからそなたがいま此処《ここ》にいることも、お琴や箕助らが頻繁《ひんぱん》に出入りしていることも、あやつらの手を封じていることになる」

と、照謙は墓場のほうへちらと目をやり、

「それよりも、山本町だ。妖怪と臭介のやることだ。おサキを拐かし、生きて返すのと引き換えに、あの表店に残っている四世帯の立退きを迫るものと思うておったが、あの南町の動きはいったいなんじゃ。しかも差配は与力の大野矢一郎で、現場を仕切っているのが同心の小林市十郎じゃ。二人とも役務に忠実な者たちでのう」

「御意。まこと、役務熱心な町方でございます」

と、征史郎は桑名藩の江戸家老については不案内だったが、南町奉行所の矢一郎と市十郎については面識があり、北町奉行の用人として、その人物像も一応は知っていた。

「なぜでございましょう。それに臭介の動きが見えませんが」

と、照謙と一緒に首をかしげている。

それに、狐の権左ら永代寺門前東町の与太どもが、このままおとなしくしているのかどうかも二人には気になっていた。

陽が中天を過ぎ、いくらか経た時分だった。

墓場にいた中間二人は、いつの間にかいなくなっていた。

征史郎が職人姿のまま、ふところに匕首《あいくち》を忍ばせ、灌木群から墓場のほうをぶらりと歩き、

「どこにもおりませぬ。昼間の打込みは、諦《あきら》めたのでしょう」

「おそらく」

照謙は返した。いま二人の念頭にあるのは、山本町のようすのみとなった。

昼八ツ（およそ午後二時）の鐘が境内に響いた。おととい手習い子たちはこの鐘に静まり返り、きのうは歓声を上げていた。きょう手習い処にいるのは、照謙と征史郎の二人だけである。手習い処が置かれた環境のすべてを掌握《しょうあく》しているのも、この二人のみだ。もう一人、征史郎が掌握しておれば、遠山金四郎も掌握していることになる。

「私も、ちょいと町場をのぞいて参りましょうか」

「ふむ」

征史郎が焦《じ》れたように言ったのへ、照謙がうなずいたときだった。

「旦那！　征史郎さんっ、大変《てえへん》だあっ。おサキ坊がいなくなりやしたっ」

与作がそのおっとりした丸顔に似合わず、なかば叫びながら本堂の境内のほうから駈け戻って来た。

「なにっ、おサキが⁉」

「詳《くわ》しゅうに！」

軽衫《かるさん》に筒袖《つつそで》の照謙は脇差を手に庭に飛び下り、征史郎もふところの匕首を確かめ、あとにつづいた。

「へいっ、午《ひる》をすこし過ぎた時分でやした」

与作は荒い息のまま話しはじめた。

三人は縁先で立ち話のかたちになった。

「来たんでさあ、野ねずみ一家の与太どもが四、五人。箕助の兄イが言うには、差配は狐の権左という野郎で」

「なに、狐の権左⁉ そいつらがおサキ坊を拐かした⁇」

「いえ、それが判らねえんで」

与作は言う。

陽が中天を過ぎ、町の煤払いがまだたけなわの時分だったらしい。まえにも山本町に来ては路上で荒稼ぎをしたり商家に因縁をつけたり、煤竹売りをからかったりしていた顔ぶれらしい。

往還に出した畳を叩いている住人や、簞笥を運び出している者たちを、

「――へん、おめえら。年内にこの町を出るんじゃねえのかい」

「――ははは。それをまあご丁寧に煤払いかい。無駄なことを」

「――立つ鳥跡《あと》を濁《にご》さずってか。感心じゃねえか」

と、口々にからかうというより、ののしり始めたのだ。

住人たちはこれまでと異なり、町内の自身番に役人が詰めているという強みがある。気骨のある者が、畳を叩いていた竹の棒を振りかざさんばかりに、

「――てやんでえ。こちとらあ、おめえらみてえな遊び人じゃねえぜ。さあ、帰《けえ》った、帰った」

「――そうよ、そうよ。あたしらはねえ、日々働いているのさ。邪魔をしないでおくれな」

「――なにいっ」

若い与太が喰ってかかる。

住人たちは強気である。たちまちすりこぎや薪雑棒《まきざっぽう》を手にした者が集まって来た。単なる野次馬ではない。男も女も、与太どもを町から叩き出す勢いだ。狐の権左がこの場にしては落ち着いた口調で言った。

「――あはは、皆の衆。威勢がいいじゃねえか。おめえさんら、年内にこの町か

ら立ち退くことになってんだぜ。俺たちゃあ、親切に言ってやってんだ」

「――なにぃっ、それが余計なお世話ってんだ。この、穀潰《ごくつぶ》しどもがっ」

住人の数はさらに増え、与太どもを取り囲んだ。刃物を手にした者のいないのはさいわいだった。分別はあるようだ。与太どもにもふところに手を入れている者はおらず、匕首を隠し持っている者はいないようだ。

だが、多数を恃《たの》んだ住人たちの勢いから、いまにも大騒ぎの起こりそうな雰囲気だ。そうなれば、与太どもは住人たちに袋叩きにされる。自身番から捕方が駈けつければ、捕縛されるのは住人たちということになる。

双方にあとひと言あれば、即殴り合いの騒ぎに発展しそうな雰囲気に、

「――こらあっ。双方とも、狼藉《ろうぜき》は許さんぞ」

同心の小林市十郎が六尺棒の捕方三人を引き連れ、駈けつけた。

「――旦那ア、こいつらですよ。捕まえてくだせえっ」

「――なにを言いやがる。俺たちゃ何もしていねえぜっ」

住人が言ったのへ与太どもが言い返す。

「――何もしていねえとは何をぬかしやがる！」

与太どもに薪雑棒を投げつけた住人がいた。それがきっかけとなり、

「――やりやがったなっ」

「――おう、それがどうしたっ」

「――きゃーっ」

双方いきり立つなかに女の悲鳴も上がる。

「――どちらも退けいっ、退けい！　それっ」

小林市十郎の号令一下、捕方たちがあいだに割って入った。

与作の報告はさらにつづいた。

「へえ、ちょいとばかり入り乱れての小競《こぜ》り合《あ》いでやして。え、お役人はどちらを取り締まったかですかい。両方でさあ。住人のお人らにも与太どもにも、どちらへも六尺棒が襲いかかりやしたよ。そりゃあもう山本町の住人すべてが集まったかのようで、そこに三者入り乱れての怒号と悲鳴でさあ。お琴の姐さんも赤子を背負ったまま駈けつけ、箕助の兄イも来ていましたよ」

与作は、その場の騒ぎを体であらわすように、いつになく興奮気味の口調になっている。

「おサキが拐かされたというのは？」

照謙が与作の話をさえぎるように言った。

「そう、そのことでさあ」

与作はようやく本題に入った。

「騒ぎは収まりやした。捕方が与太どもを町から締め出したんでさあ。与太どもめ、役人に追い立てられ、永代寺門前に逃げ帰ったようで。すると、八百屋の茂市郎さんとお栄さんが騒ぎ出したんでさあ」

ふたたび与作は興奮気味になった。

「なんて？」

征史郎は与作にさきを急《せ》かし、照謙も無言で与作の顔を見つめた。

「そりゃあもう与太との騒ぎで、誰も子たちを見ている余裕などありやせんでした」

外で遊んでいた子たちも騒ぎをこわごわと見に来ていたらしい。お栄がそのなかにおサキのいないのに気づき、家具屋のせがれを見つけて訊くと、

「――えっ、おサキちゃん？　さっきまで一緒だったけど」

応えたものだからお栄も父親の茂市郎も驚き、

「そこでまた新たな騒ぎでさあ。いなくなった子はおサキ坊だけでやして」

さすがに箕助が伝令に走らせるだけあって、息せき切っていても的確に情況を

説明している。

「なんと！　それで捕方が自身番に引き挙げた者はいたのか」

照謙のほうが慌てたように、一見おサキのいなくなった件とは別物のような問いを入れた。征史郎もその問いに関心を持ったか、一歩前へ進み出て与作の返事を待った。与作は怪訝《けげん》そうな顔になり、

「そりゃあお役人は、住人たちを押しなだめ、与太どもを追い払っただけでやすから、縄を打たれた者はどちらにもおりやせんでしたが、それがなにか」

照謙は征史郎と顔を見合わせ、

「やられたな。きのうは与力まで動員していた。かくも大がかりな舞台を即座に用意できるのは……」

「いかにも、妖怪しかおりませぬ」

征史郎は応えた。つい与作の前であるのを忘れ、武家言葉になってしまった。与作は照謙の問い自体に的《まと》を外れたものを感じ、征史郎の言葉遣いの変化に気づくことはなかった。

手習い処の縁先は、与作が駈け込んで来たときよりも緊迫を増した。

「ともかく現場だ、行くぞ。得物を忘れるな」

「はっ」

二人は居間に駈け上がり、照謙は塗笠で顔を隠して脇差を帯び、職人姿の征史郎はふところに十手のほかに匕首《あいくち》も忍ばせた。どちらを使うことになるか、それはこれからの展開しだいだ。

「あぁぁ、どちらへ。待っておくんなせえ。あっしは箕助の兄イから、さっきの騒ぎを知らせて来いと言われただけでっ」

言いながら与作は二人のあとを追った。

照謙と征史郎は本堂前の境内を経て、山門に向かっている。このとき、桑名藩の横目付二人がすでに浄心寺から引き揚げていたのは、双方にとってさいわいだった。この緊急時に、照謙はさらに危険な事態を招かずにすんだのだ。

――おサキが拐かされたようだ
話は山本町の檀家を通じて、すでに日舜にも伝わっていた。

山門を走り出ようとした軽衫の照謙と職人姿の征史郎を、

「これこれ、待ちなされ」

日舜がいつになく大きな声を上げ、墨染の裾《すそ》をひるがえし駈け寄って来た。住持とはいえ、きょうは煤払いに精を出していたか、鉢巻にたすき掛けである。

「すまぬ、お住！　さきを急いでおる」

「そのことじゃ。いかなる事態になろうと、殺生《せっしょう》はいかんぞ！」

日舜の突然の言葉に、

「えっ」

照謙は足を止めざるを得なかった。征史郎もおなじである。日舜とともに耕作も追いつき、報せに戻っただけだったのが思わぬ事態を呼び、困惑の表情になっている。

山門の下である。

「お住、いまなんと言われた」

「拙僧もいま聞いた、おサキの件をのう」

言いながら日舜は照謙の帯びている脇差に視線を投げ、征史郎のふところにも目をやった。二人がいま何のためにどこへ行こうとしているのかを覚《さと》り、急ぎ山門に駈けつけたようだ。征史郎は思わず腰切半纏《こしきりばんてん》のふところに手を当てた。急いで忍ばせた匕首が、十手とともにこぼれ落ちそうになったのだ。

日舜は言う。

「いかな悪党が、いかに歯向かって来ようと、血を見るは仏の道に反するぞ。そのことを、慥《しか》と胸に収めておくのじゃぞ」

「いかな悪党か、まだ判っておりませぬ。すべてはこれからでござる」

禅問答の雰囲気になった。

「ならばなおさら、町場も武家地も境内とおなじ、殺生《せっしょう》禁断の地と思われよ」

日舜の目は、照謙の腰の脇差に向けられている。照謙はその目に返した。

「刃《やいば》は刃を呼びもするが、抑えもしますぞ、お住！」

「だから、仏の道を胸に……」

「和尚、御免！」

話に征史郎が割って入り、照謙を急《せ》かした。

照謙はうなずき、ようやく追いついた与作に、

「さあ、案内せよ」

「へいっ」

与作は先頭に立った。

ひと呼吸でも早く状況を知れば、それだけ解決の道も得やすくなるのだ。

三人の背を日舜はため息まじりに見送り、すぐに寺男の平十を山本町へ物見に出した。檀家の子で手習い子となれば、日舜も捨て置けないのだ。照謙をたしな

めもするが、それだけ期待をしているということでもある。

六

山本町に走り込んだ。

大騒ぎになっていた。

すぐ近くに浄心寺一帯と永代寺周辺を分ける仙台堀《せんだいぼり》が流れ、大川に注ぎこんでいる。もしやとその方面にまで走る住人もいた。

お栄が塗笠の照謙を見つけ、すがるように駈け寄って来た。

「いないっ、いないんですう、おサキがあっ」

半狂乱になって訴えるのを、おなじ表店の乾物屋、醬油屋、豆腐屋のおかみさんたちが、

「落ち着いて。いまみんなで探しているから」

「子供の足じゃ、そう遠くは行っていないはずだから」

しきりになだめる。

聞けば、同心の小林市十郎も責任感からか、捕方たちを駆使し懸命に找《さが》してい

るという。照謙たちの探索は、それら役人と出会わないように気を配らねばならない。

「あっ、お師匠《しょ》さん！」

お琴の声が聞こえた。塗笠の照謙を見つけ、

「こちらへ」

人のいない路地へいざなった。征史郎と耕作もつづいた。

「事情は与作さんからお聞きになったと思います。そのあとあたしと箕助さんと耕作さんとで手分けし、聞き込みを入れました」

声を低め、早口に言う。

狐の権左らが来て住人を挑発したとき、

「近くに四枚肩《しまいかた》の権門駕籠が来ていたそうです」

「ふむ。町駕籠でのうて、権門の四枚肩か」

「いよいよもって……」

照謙が言ったのへ、征史郎がつなぎ、二人は得心のうなずきを交わした。

お琴にも、案内して来た与作にも意味がわからない。

照謙と征史郎は手習い処の縁先で、与作の報告を聞くうちに、

（捕方と与太どもの小競り合いは、住人の目を引き付けるための目くらましで、その間隙《かんげき》をついておサキを連れ去った）

そう解釈し、顔を見合わせたのだ。

七歳の娘を拉致《らち》するのに町駕籠ではなく、武家のしかも陸尺《ろくしやく》（駕籠舁《か》き）四人で担《かつ》ぐ権門駕籠を用意するなど、相応の屋敷でなければできないことだ。考えられるのは、

（首魁《しゆかい》は妖怪、鳥居耀蔵。差配は臭介、垣井修介に相違ない）

そこに二人はあらためてうなずきを交わした。

あとの行動は迅速だった。

「お琴、その駕籠はどの方向に去った。権門の四枚肩なら目立つはずだ」

「ぬかりございません。小名木川《おなぎがわ》を渡り、大川を上流のほうへ。いま箕助さんと耕作さんが尾けております」

浄心寺の南側を流れる仙台堀を渡れば永代寺だが、北側の小名木川を渡って大川の上流に向かえば両国橋《りようごくばし》である。

おサキを拉致《らち》した権門駕籠の行き先は、永代寺門前東町ではない。狐の権左らは、単に衆目を逸《そ》らせるための駒だったようだ。

両国橋を本所方面から西へ渡れば、両国広小路《ひろこうじ》を経て一帯は内神田《うちかんだ》となる。その広い町場を北へ進めば神田川《かんだがわ》だ。渡れば外神田《そとかんだ》で、川に沿った町場を過ぎれば練塀小路《ねりべいこうじ》という、文字どおり白壁の武家屋敷がならぶ武家地に出る。

鳥居耀蔵の拝領屋敷がその一画にあることを、照謙も征史郎も知っている。もちろん妖怪こと鳥居耀蔵は、数寄屋橋《すきやばし》御門内の南町奉行所に寝泊まりしており、練塀小路の屋敷は別邸のように使っている。

(拐かしたおサキを暫時《ざんじ》軟禁するのに、持って来いではないか)

容易に予測できた。

お琴は言った。

「箕助さんが、お師匠さんが来られたら、つなぎの場は両国橋にしたいって。耕作さんがそこにいるはずです。駕籠の行く先が判るかもしれません。あたしも参ります」

探索には、目となり耳となり、手足ともなる気の利いた岡っ引が必要だが、照謙にとってのそれを箕助とお琴が存分に果たしている。耕作と与作はその下《した》っ引《ぴき》といったところか。二人ともまだ十五歳ながら、その任をよく担《にな》っている。

「よし、行くぞ」

照謙は笠の前を下げ、足早に山本町を離れた。征史郎とお琴がつづく。その後の山本町のようすを見るため、与作を町に残した。不満顔だったが、

「おまえは役人に顔を知られておらん。住人に混じって自身番の動きを見ておくのだ。期待しておるぞ」

照謙に言われ、得心したようだ。あちこち走るのではなく、丸顔でおっとりとした与作には、その役務のほうがぴったりだ。

三人は大川に沿った往還を急いだ。お琴などは着物の裾をたくし上げて急ぎ足になっている。

「軽業《かるわざ》の衣装なら、もっと速く走れるんですけどねえ」

照謙と征史郎に遅れることなく、ふところを手で押さえて言った。軽業のときに使う手裏剣が数本入っている。用心のためである。けさ、増上寺門前を出るとき、布袋の鋭吾郎に、念のためにと渡されたのだ。

水野忠邦のご政道がつづき、苦しい暮らしを強いられているものの、両国橋は相変わらず大八車や下駄の音が響き、懸命に生きようとする人々の動きを示している。

橋の東たもとに若い男が一人、そわそわしたようすで立っている。秘かに人を

待つ風情《ふぜい》ではない。

「いかんなあ」

「人目を引きますなあ」

照謙が言ったのへ、征史郎がつないだ。

耕作である。三人に気がついたか、

「あ、待っておりやした」

手を振りながら駈け寄って来る。

「あぁぁ。だめじゃないの、さりげなく待っていなきゃあ」

「へ、へえ」

お琴にたしなめられて恐縮したように返し、

「でやしょうが、もう待ちくたびれやして、へえ」

「ふむ、申してみよ」

照謙は耕作を橋のたもとの隅に押しやった。時間的に耕作が待っていたのは、そう長くはないはずだ。それなのに耕作のこの焦《あせ》りようは、

(ひと呼吸でも早く告げたいことがあるような)

照謙は耕作の未熟な待ち方をたしなめるより、期待を前面に出した。

「押し込められるのを見たわけじゃねえのですが、駕籠は四枚肩で軽そうに担いでいやがるから、中は小さなおサキ坊に違《ちげ》えねえ、と箕助の兄イが」

よく見ている。

「駕籠は両国橋を西へ渡り、へえ、あっしも一緒に尾けやした。駕籠舁き四人のほかに侍《さむれえ》が一人、女中が二人ついておりやして、広小路のあたりをうろうろしてから内神田を神田川のほうに向かい、和泉橋《いずみばし》を渡って外神田に入ったかと思うと、また内神田に戻りやした。おかしなことをするもんだと思いながら尾けていやすと、箕助の兄イが、やつらおサキ坊に目くらましをかけているのだろう、ここは二度と通らねえだろうと言いやして。行く先は川向こうかこちらか知らねえが、駕籠尻《かごじり》を地につけるのは神田川の近くだろうから、と。それでともかく次のつなぎはちょいと上流の筋違御門《すじかいごもん》にして、旦那方が来なすったらそのほうに案内しろ、と。行く先を突きとめたら、筋違御門へ知らせに行くから、と」

「ふむ、ふむふむ」

人手が足りないなかでの、つなぎの取り方は完璧《かんぺき》である。付き添っている武士は、垣井修介であろう。箕助は鳥居屋敷が、外神田の練塀小路にあることなど知らない。この拐かしの元凶が、鳥居耀蔵に違いないことも知るはずがないのだ。

権門駕籠があちこちまわり道をしているのは、箕助が気づいたとおり、七歳のおサキに通った道を記憶させないためだろう。ということは、駕籠の中でおサキはさるぐつわをかまされ目隠しをされ、手足を縛られるなどの虐待は受けていないことが予想される。おサキに声をかけたのも腰元二人で安心させ、きわめて自然に駕籠へいざなったのだろう。そこに乱暴のなかったことを思えば、照謙はいくらか気の休まるのを覚えた。

箕助がつぎのつなぎの場に筋違橋御門を指定したのは、一度和泉橋を渡って外神田に出て、また内神田に戻り神田川の近くを上流方向に向かったことから、

(和泉橋御門が目くらましなら、ふたたび別の橋から神田川を渡るだろう)

そう判断したからだった。そこに照謙は〝ふむふむ〟とうなずいたのだ。照謙と征史郎の推測どおり練塀小路が目的地なら、箕助の判断はまさに当《とう》を得ていることになる。

照謙は墓場荒らしの箕助たちを手許に置いたことが、決して間違いではなかったのをあらためて痛感し、

「よし、舟だ。急ぐぞ」

「へえっ」

耕作は返し、照謙らを案内するように両国橋の橋板に歩を踏んだ。

両国橋には舟寄場《ふなよせば》があり、常に猪牙舟《ちょきぶね》が数隻、客を待っている。水上の町駕籠といったところで、かたちが猪《いのしし》の牙《きば》に似て、客は一人か二人しか乗せられない、小まわりの利く足の速い小型の舟で、庶民の足として、両国、深川、日本橋界隈では町駕籠よりも猪牙舟のほうが多いほどである。

しかも大川の両国橋のすこし上流に神田川が流れこんでおり、両国橋から筋違御門までなら、どんな乗物よりも速く着く。

両国橋の舟寄場には一隻しかいなかったところへ、おりよくもう一隻がいずれかから客を運んで来たのはさいわいだった。

「おう、二隻そろうたな。筋違御門まで急いでくんねえ。酒手《さかて》ははずむぜ」

と、町駕籠を拾うような口調で征史郎が二隻とも雇い、照謙と征史郎、お琴と耕作に分かれて猪牙舟の客となった。

「へいっ、神田川の筋違御門、参《めえ》りやす」

たちまち猪牙舟二隻は大川の波間に揺れ、すぐに神田川に入った。流れに逆うのだから、けっこう揺れる。

一方、陸《おか》である。耕作が両国橋で箕助の判断を話しているころ、垣井修介と思われる武士と腰元二人が付き添った権門駕籠は、なおも内神田をゆっくりと進んでいた。箕助が判断したとおり、それが乗せているおサキへの目くらましなら、権門駕籠の一行は相当慎重に事を進めていることになる。

「あのう、ねえ、ねえ。ここ、どこ、どこ？」

権門駕籠のなかから聞こえる不安そうな女童《めわらべ》の声に、

「あの町はね、物騒だから。あとからすぐ、そなたの父上も母上も来なさろうほどに」

「そう、いましばらくの辛抱ですよ」

腰元二人が優しく返していた。

駕籠はまわり道をしながら、粛々《しゆくしゆく》と進んでいる。

七

狭い舟の上である。船頭の息遣いまで伝わってくる。征史郎は用心し、職人言葉で言った。

「間に合いやしょうか」

「合うも合わぬも、ともかく筋違御門だ」

征史郎は思わず〝御意〟と応えかけたのを呑みこみ、

「ごもっともで」

策はない。権門駕籠が筋違御門の橋をすでに渡っていようといまいと、箕助の報告を待って臨機応変に対処する……。行き先はわかっているのだ。

筋違御門の舟寄場は、内神田側にあり、岸辺に荷足《にた》り船《ぶね》を横付けし、荷の積み卸《おろ》しもできるように石畳が組まれている。

角顔で機敏な耕作が石畳に飛び移るなり、

「ちょっくら走って見て来まさあ」

駈け出そうとしたのを照謙は、もう一隻の舟の上から、

「これこれ、落ち着くのだ」

と、たしなめるように声を投げた。気の利く若者だが、探索にはまだ素人のようだ。

四人が舟寄場の石畳みの上にそろったところで、急ぐでもなくのんびりでもなく、目立たない風情で陸《おか》に歩を進めた。箕助の姿はなかったが、あらためて筋違御門をつなぎの場に指定した適切さが理解できる。

筋違御門は内神田のほうに枡形《ますがた》の石垣が組まれ、その前面が広い火除地《ひよけち》となり、両国広小路《ひろこうじ》に似て昼間は古着屋や飲食の屋台、さらに大道芸人なども出て、以前なら派手な音曲も聞かれた。いまでも行楽地のように人が出ている。

まだまだ日の入りには間があり、そぞろ歩きの者もけっこういる。石垣の近くにまで屋台が出ており、照謙と征史郎、お琴と耕作の四人は、それらを素見《ひやか》しながら、互いに声のとどく狭い範囲に分散した。

箕助の姿がない。すでにいずれかの橋を渡って外神田に出たか、あるいはまだいずれの橋も渡っていないか、判断がつかない。

「ほんに、猪牙って初めて乗りやしたが、速いもんでやすねえ」

まだ落ち着かず、きょろきょろしながら言った耕作が、そのままつづけた。

「あ、来やした。駕籠、駕籠」

大きく伸びをし、走り出そうとしたのを、

「動くな。さりげなくやり過ごせ」

照謙はその肩をつかんだ。

征史郎とお琴も、耕作が向かおうとした方向へさりげなく視線を向けた。

武士一人、腰元二人を供にした権門駕籠が、火除地を筋違御門のほうにゆっくりと近づいて来る。まだ外神田に出ていなかったのだ。そこに出会えたのは、やはり猪牙舟を駆った賜物《たまもの》であろう。はたして武士は、臭介こと垣井修介だった。散策や素見客、買い物客などが、ゆっくりと歩を踏む権門駕籠に、慌てることなく左右に道を開けている。

照謙はすかさず周囲に目をやった。隠密の警護はついていないようだ。まったく無防備の権門駕籠に、怪訝な目を向ける者はいない。腰元がお供についていることから、いずれかの奥方か姫の、お忍びとしか思えない。

（なるほど、さすがは妖怪配下の臭介。これが最高の警護だわい）

照謙は思った。

「あ、いました」

お琴が低く声を洩らした。駕籠のうしろ、つかず離れずのところに箕助が尾いている。

駕籠をやり過ごし、お琴が箕助に声をかけた。

駕籠の一行は石垣の中に入った。一同は安心して話ができる。

「いやあ、もう焦《じ》り焦《じ》りしやした。あのとおりの足でやすからねえ。早くしねえと、あの中におサキ坊が！」

箕助を加えた五人が、石垣の近くで立ち話のかたちになった。駕籠の一行に緊迫感はなく、そぞろ歩きの多いなかで、五人の立ち話などなんら目立たない。

箕助が言う。

「橋を渡ったところで、町場の荒稼ぎに見せかけて騒ぎを起こし、おサキ坊を引っ担いで人混みのなかに逃げ込みやしょう、旦那！　おサキ坊はいま、目の前にいるんですぜ」

いまにも飛び出しそうな表情である。耕作も色めき立っている。

「うむ」

照謙がその策を肯是《こうぜ》するようにうなずいたのに征史郎は驚き、

「よござんすので？」

引きとめるように言った。

箕助はその気になり、いまにも石垣の中へ飛び込みそうになっている。お琴と耕作もその気になっている。警備の武士は垣井一人だ。腰元二人に心得があるとしても、お琴が手裏剣で対応できるだろう。人混みのなかで権門駕籠に一人がぶつかり、揉み合いのなかでおサキを救い出す。おサキにすれば手習いの師匠と、これまで自分を護っていてくれた姉さん兄さんたちがそこにいるのだ。しがみついてくるだろう。あとは荒稼ぎの遁走《とんそう》をまねて人混みに紛れ込む。策としては緻密《ちみつ》さなどないが、路上でやる分には成功しようか。それに、いま救出しなければ、練塀小路の屋敷に入ってしまってからでは、救出は夜まで待たねばならず、かつ困難となる。

「旦那！」

箕助が焦れたように言うと、一方の征史郎は、

「いいんですかい」

諫《いさ》めるような視線を照謙に向けた。

「…………」

照謙は無言のうなずきを返した。

お琴と耕作も、箕助と一緒に焦り焦りとしたようすになっている。躊躇《ちゅうちょ》に時を移せば、せっかく尾《つ》けて来た権門駕籠との距離が開くばかりだ。駕籠の一行はすでに石垣を抜け、橋を渡り、外神田の地を踏んでいるだろう。

箕助、お琴、耕作にすれば、おサキを権門駕籠から奪い返し、浄心寺裏手の山本町に連れ帰ればそれでいいのだ。そこに箕助たちは、心に充実したものを感じる。

照謙と征史郎にとっては、鳥居耀蔵の策謀を白日の下に晒《さら》し、水野忠邦に打撃を与え、失脚の時期を早めさせるところにも、こたびの目的があるのだ。だが、それを箕助、お琴、耕作らに話すことはできない。話せば、桑名藩と庄内藩への義理に背《そむ》くことになる。

（許せ）

照謙は胸中に詫《わ》び、おもむろに言った。

「いましばし、あとを尾ける。これからが正念場《しようねんば》ぞ」

「橋向こうの町場に入ってからでやすね。おもしれえ」

箕助はそう解釈し、お琴と耕作も緊張に包まれた。

策は箕助の言ったとおり、路上の荒稼ぎをまねる。だが場所は、外神田の町場ではない。権門駕籠が鳥居家のもので、その差配が屋敷の用人であったことを、世間に示さなければならない。そのためにはどこで襲うか、それが重要な鍵となるのだ。

五人は権門駕籠を追った。照謙と征史郎が駕籠の五間（およそ九米《メートル》）ばかりうしろに尾いた。二人とも垣井修介とは顔見知りである。照謙は塗笠で顔を隠し、征史郎は職人姿とはいえ、至近距離で顔を合わせたのでは気づかれよう。

箕助、お琴、耕作の三人が三々五々、照謙のとっさの下知に反応できる範囲に歩をとった。せいぜい五歩か六歩の間合いだ。

御門の枡形の石垣を抜ければ筋違御門橋で、渡れば外神田の町場が広がっている。箕助はいら立ち、歩を速め照謙に仕掛けの下知を催促したい気持ちを懸命に堪《こら》えた。

その町場を抜ければ、練塀小路の武家地となってしまう。通りは閑静な白壁に一変し、往来に人影はほとんどなくなり、ときおり挟箱持《はさみばこもち》を従えた武士、屋敷の遣《つか》いか風呂敷包みを抱えた中間や、大きな風呂敷包みを背負った行商人が通るのみである。荒稼ぎの手法は取りにくくなる。

（まだですかい）

箕助はいよいよ焦《じ》れた。もちろん、お琴も耕作もおなじである。

駕籠の一行は練塀小路に粛々と入った。

（その先で）

（承知）

照謙と征史郎は、目と目で語り合った。一帯の地形は照謙も征史郎も心得ており、あと白壁をひと曲がりすれば、鳥居屋敷の正面門である。

征史郎はふり返り、

（仕掛けるぞ）

手と目で合図を送った。箕助とお琴は、しびれを切らしたように無言のうなずきを返し、

「うううっ」

若い耕作はうなり声を上げた。

「落ち着きなされ」

お琴がたしなめていた。

照謙と征史郎は白壁に挟まれた路地に入った。箕助らは足を速め、権門駕籠との距離を縮めた。垣井修介は練塀小路に入った安堵感があるのか、背後の動きに気づいていない。あるじの妖怪に似て権謀術数《けんぼうじゅっすう》を駆使する男であっても、こうした現場の差配には向いていないようだ。町場の女童一人の拐かしなど、もう成就《じょうじゅ》したと思っているのだろう。

入った白壁の路地には、武家屋敷の裏門がところどころにならんでいる。いま照謙と征史郎が通り過ぎたのは、鳥居屋敷の裏門だった。

二人は足を速め、白壁の角を幾度が曲がり、もとの広い練塀小路に戻った。鳥

居屋敷の表門の前である。前方から権門駕籠の一行が来る。間に合った。背後に箕助、お琴、耕作の姿も見える。至近距離に詰めている。

このときになり、ようやく箕助たちは、照謙の策が挟み撃ちで荒稼ぎのかたちに持ちこもうとしているのを覚った。

職人姿の征史郎が走り出るなり、

「おっとっと」

前棒の陸尺《ろくしゃく》(駕籠舁き)二人をなぎ倒すようにぶつかった。

「わあっ」

——ガシャ
陸尺の驚きの声に、駕籠尻が地に打ちつけられる音が重なった。

「きゃーっ」

複数の女の悲鳴が同時だった。お供の腰元と駕籠の中からだった。

「それっ」

「へいっ」

箕助と耕作が駕籠に突進し、お琴も裾をたくし上げ走った。

駕籠の前では修介が、

「な、なにやつ！」

突然の出来事《しゅったいじ》に仰天しつつもさすがに武士か、抜刀し征史郎に斬りかかった。

「御免！」

軽衫に筒袖の照謙が塗笠で顔を隠したまま修介の前面に飛び込み、

——キーン
振り下ろされた刃《やいば》を脇差で抜き打ちに撥《は》ね上げた。

しかし、不覚だった。宙に泳がせた修介の大刀が照謙の眼前をかすめ、塗笠をはね飛ばした。

見た。

「ま、まさか⁉」

修介は驚愕《きょうがく》の声を上げた。

照謙は修介の刀を打ち返すだけで、駕籠の横を塗笠のまま走り抜ける算段だったのだ。

「あわわわっ」

後棒《あとぼう》の陸尺も担ぎ棒から肩を外し、その場へ棒立ちになっている。

走り込んだ箕助と耕作が権門駕籠の引き戸を打ち破り、

「おサキ坊、さあ、帰ろうっ」

「あっ、手習い処のっ」

そこに箕助と耕作だけでなく、お琴の顔もある。おサキは跳ねるように駕籠から飛び出し、

「帰りたいっ、帰りたいっ」

箕助にしがみついた。

「帰るぞっ」

箕助はおサキを抱きかかえ、それを耕作が助け、来た道に走った。さすがに腰元たちは武家屋敷の奉公人か、悲鳴のあとは気丈にも懐剣《かいけん》を抜き、あとを追おうとした。

お琴の出番だ。腰を落とし、ふところから出した手裏剣を振りかざした。それだけで腰元たちはお琴を手練れとみたか、瞬時たじろいだ。あとはもう追う余裕はなかった。

すぐ横で、

「許せ！」

驚愕のあまり大刀を片手に態勢を立て直せない修介のふところに、照謙は脇差

の柄を突きの構えに握りしめ、再度飛び込んだ。

もちろん、見られてはならない顔を見られた所為《せい》もある。だが、山本町の理不尽な土地収奪の手法と目的が許せなかった。それだけではない。妖怪の命を受け誹謗中傷を捏造《ねつぞう》し、自分を死地に追いやった、おのれ自身の仇《かたき》の一人でもあるのだ。

飛び込むと同時に、脇差をその腹に突き立てた。切っ先が背に出た。そのまま定謙こと照謙は臭介の身を駕籠の中に押し倒し、脇差を力任せに抜き取った。

一方、お琴に動きを封じられた腰元二人は、茫然とその場に立っている。

照謙は言った。

「そなたら、他人《ひと》に見られぬうちに、早う垣井どのを屋敷内へ!」

「それ、野次馬がもう幾人か出ておるぞ!」

征史郎がつづけた。実際、練塀小路には数人の人影が動いていた。

用人の名を言われ、腰元二人は、

「さあ、早う。お願いいたしまするっ」

陸尺たちを急かした。

「へいっ」

駕籠は鳥居家の門内に駈け込んだ。

屋敷から足軽であろうか、刀を帯びた数人が走り出て来たが、もうそこにいるのは、近辺の屋敷の者だけである。これほど鳥居屋敷にとって、都合の悪いことはない。しかも〝狼藉者《ろうぜきもの》〟が逃げ去った方向は、とっさの聞き込みによって駕籠がいま帰って来た町場のほうであることがわかった。権門側にとって、ますます都合が悪い。追いかけて町場で騒ぎを拡大するなど、もってのほかである。

慌てるように門扉《もんぴ》が中から閉じられた。足軽も腰元も陸尺たちも、

（なにやらお家の重大な不祥事）

覚ったのだ。〝不祥事〟を隠蔽《いんぺい》するのは武家の本能であり、その発想は士分である足軽はむろん、腰元や陸尺たちにも浸透している。

町場の与太どもの荒稼ぎをまね、場所も鳥居屋敷の正面門のすぐ前を選んだのも、こうした武家の弱点を熟知していたからにほかならない。

血痕が地に飛び散っている。

『あの屋敷、なにやら騒動があったらしいぞ』

それが南町奉行の鳥居屋敷とあっては、ながれるうわさが練塀小路にとどまるはずがない。

八

安堵のなかにも怯《おび》えの残るおサキのため、筋違御門の火除地まで戻ったとき、町駕籠を一挺拾った。

照謙がお琴も駕籠に乗せようとしたが、

「お師匠《しょ》さん、あたしゃそんな軟《やわ》じゃござんせんよう」

と、また着物の裾をたくし上げた。

煤払いの日である。町を歩けば手拭《てぬぐい》を姉《あね》さんかぶりに、たすき掛けで着物の裾をたくし上げ、せわしなく立ち動いている女はいくらでもいる。

人の行き交う火除地で、照謙と征史郎は箕助、お琴、耕作の付き添う町駕籠を見送り、しばしとどまった。いましばらく火除地で、鳥居屋敷から追っ手がかからないか見極めるためである。

「来ないようですなあ」

「うむ。妖怪はいま数寄屋橋の南町奉行所だろうが、留守居《るすい》の者どもめ、事を大きくしないための分別は心得ているようだのう」

「御意。あの腰元二人、屋敷でも選《え》りすぐった切れ者たちでしょうなあ」

と、征史郎は駕籠を門内に急がせた腰元二人を評価した。

「そのようだ」

照謙もそのとっさの判断を褒《ほ》めたものの、うかぬ表情だった。征史郎はそこに気づいたか、

「仕方ございませんよ。臭介めは見てはならぬものを見てしまったのですから」

「それだけではないが、不覚じゃった」

御門の石垣のほうへ視線を向けたまま、照謙はつぶやくように言った。

浄心寺の山門を出るとき、日舜が言った言葉がいま、脳裡に渦巻いている。

「――仏の道を胸に」

いかなる場合も、殺生はならぬと日舜は言っていたのだ。

「来ないようでございます。私もそろそろ引き揚げませねば」

「ふむ」

照謙はうなずき、征史郎と別れ両国橋に向かった。征史郎はこれより急いで呉服橋御門内の北町奉行所に帰り、あるじの遠山金四郎に事の顚末《てんまつ》を話さなければならない。

山本町では、煤払いはおおかた終わったものの、不安のなかに時を過ごしているはずである。

「酒手ははずむぞ、急いでくんねえ」

箕助が駕籠屋を叱咤《しった》している。

急いだ。

町駕籠の一行が山本町に着いたのは、日の入り直前だった。たちまち町は煤払いの椀飯振舞《おうばんぶるまい》を超え、祝い酒の夜となった。

照謙が一人で手習い処に帰りついたのは、陽が落ちあたりが暗くなりかけてからだった。寺男の平十が提灯《ちょうちん》を手に、

「いまお帰りでやすか。早う、早う！」

年寄りだから大きな声は出ないが、精一杯叫びながら走り寄って来た。

「手習い処にいましがたお客人がっ。それに陽の落ちる前に懐かしいお人が。いま庫裡でお住さまと……」

名を聞いたが、手習い処のほうは知らない人で、庫裡のほうは遠い土地《ところ》からと

言うばかりだった。

「ふむ、ご苦労。庫裡にはあとですぐ行くから」

と、ともかく平十の親切に礼を言い、その提灯を借りて本堂前の境内から手習い処に急いだ。

来客は平十の言った二人だけでなく、もう一組いた。

提灯を手にしているから、すこし離れたところからでも照謙の帰って来たのが確認できる。荘照居成に近い灌木群の中だった。

「帰って来たぞ。一人だ」

「ふむ。いま中に年寄りが一人いるから、そやつが帰ればよし。いても打込もう。得物は持っておらなんだゆえ、ひとまとめに討ち取ればよい」

「わかった。今宵、ご家老にいい報告ができそうだ」

息だけの声で話している。黒っぽい絞り袴に筒袖と、照謙に似た身なりで、腰には脇差を帯び、黒い布で顔をおおっている。まるで忍者の打込み装束だ。

もちろんこの者たち、桑名藩江戸藩邸の服部正綏より放たれた刺客、横目付の二人である。年寄りの客人が入るところから確認し、矢内照謙こと矢部定謙の帰りを待ち、今宵ひとりになればよし。ならずとも打込み、その者ともども討ち果たそうとしているのだ。なんとも乱暴な策であり、その年寄りの客人はずいぶん軽く見られたものである。そのような風貌だったのかもしれない。

手習い処の居間に灯りが入っている。

その客人は、横目付たちの見立てのとおりだった。増上寺門前の、お琴と馴染《なじ》みになっている、あの煮売酒屋のあるじだった。

照謙が部屋に入るなり、

「お帰りでやすか。そう待たずによござんした。布袋の親分さんからの言付けでござえやす」

と、挨拶は抜きに話しはじめた。

「永代寺門前から今宵、野ねずみの三五郎ら一家の者数名が消えやす。どのように消えるのか、そのあと門前東町の縄張《しま》はどうなるのか、一切訊かねえでくだせえ、と。これでもう、狐の権左みてえのが山本町にちょろちょろ出ることもなくなりやしょうから、と」

「待て待て、いったいどういうことだ。もうカタがついたのか。それともこれから布袋の鋭吾郎が、永代寺門前になにか仕掛けるのか」

「でやすから、なにも訊かねえでくだせえ、と。あっしはただ、布袋の親分に頼まれたことを旦那へ伝えに来ただけでさあ。旦那は山本町に深く係り合っておいでだそうで。これで永代寺門前との係り合いは終わりやしょうから、と。それにもう一つ、布袋の親分は単に見届け人というだけで、手出しは一切しておいでじゃありやせん。旦那もそこに分別ありたい、と。それじゃ、あっしはこれで」

　煮売酒屋のおやじは腰を上げた。

「そうか。相分《あいわ》かった」

　照謙はなかば茫然と返した。いまさらながらに、店頭なる者たちの恐ろしさに驚嘆したのだ。

（これまで北も南も、歴代の奉行所が寺社門前に踏込めなかった理由《わけ》が、解ったような気がするわい）

　思えてきた。

　それだけではない。

（だが、いまとなっては頼もしいぞ。布袋の鋭吾郎、門仲の市兵衛か。ふむ、ふむふむ。使えるぞ）

　照謙の脳裡をめぐっていた。

　居間を出ようとしていた煮売酒屋のおやじが、

「そうそう、もう一つ。琴太郎姐さんと耕作に与作どんを迎えに来たのでやすが、あの三人はいまどこに？　耕作どんと与作どんにゃ、あした朝から大口で急な荷運び仕事が入《へえ》っているもんで」

「そうか。ならばここで待っておれ。三人とも帰って来るはずだ」

なるほど、お琴、耕作、与作の三人は、布袋の鋭吾郎から遣《つか》わされたようなものである。

「わしはちょいと庫裡のほうに用事があってのう。来ればそのまま増上寺門前に連れて帰ってよいぞ」

入れ代わるように照謙が腰を上げ、提灯に火を入れた。

「へえ、どうも」

と、煮売酒屋のおやじはふたたび腰を据えた。

灌木群の中である。寒さをこらえ、白い息もひかえるように吐いている。

「おい、いまだ。一人で出かけようとしているぞ」

「いや、待て。屋内に一人残っている。騒ぎになれば面倒だ」

「ふむ。もうすこし待つか」

二人は動かず、立ち枯れた灌木越しに提灯の動きを見守った。庫裡のほうにも客人の来ていることに、気づいていない。二人組はまたもや襲撃の機会を逸したようだ。

庫裡の奥の一室である。照謙は日舜の前に出にくかった。不本意とはいえ、殺《せっ》生戒《しょうかい》を犯してしまったのだ。

室《へや》に入った。なんと客人は桑名の竜泉ではないか。なるほど〝遠い土地から〟のはずだ。煤払いの夜だからか、酒肴《しゅこう》の用意があった。日舜と竜泉はすでにいくらか入っているようだ。照謙もそのなかに加わったが、

「どうじゃな、仏になり神となったご心境は」

と、談笑は最初の数呼吸のあいだのみだった。すぐさま竜泉は、

「国家老の吉岡左右介《そうすけ》どのが、気の毒なほど気に病んでおられてのう」

と、用件に入った。

さきほどから竜泉は、日舜とその話をしていたのか、

「やはり無理かのう、諸国行脚も身延山も……」

ため息まじりに言った。

それが叶《かな》わぬときには、

「国おもてから、刺客も……のう」

竜泉は無念そうに言う。それを告げに竜泉は、わざわざ江戸へ出て来たのだ。

それがきょうも迫っていることに気づいていないが、竜泉の言葉に、

（ならばあれは、やはり江戸おもての者……）

確信したのだった。国おもてでは、吉岡左右介がまだ迷いの段階にいるようだ。

その二人がさきほど、灌木群から引き揚げていた。

煮売酒屋のおやじが待っていた蔦田屋琴太郎と耕作、与作が、箕助とともに帰って来たのだ。

これに灌木群の二人は、

「まずい、数が増えたぞ」

「うむ。今宵も無理だ。出直そう」

と、急に賑《にぎ》やかになった手習い処を背に、浄心寺から引き揚げたのだ。つぎに来るのはいつか……、やはり二人か……、判らない。だが来るときは、さらに照

謙の日常を調べたうえで来ることだろう。

今宵は、お琴たちが桑名藩江戸藩邸の放った刺客を追い返したに等しいことを、当人たちはむろん照謙も気づいてはいなかった。

酔うことのない酒肴の席をお開きにし、

（あの者たち、きょうもよう働いてくれた）

思いながら照謙が手習い処に帰ったとき、すでに煮売酒屋のおやじがお琴と耕作、与作の三人を連れて帰ったあとで、

「へへ。旦那も庫裡で、煤払いの夜のご相伴《しょうばん》に与《あず》かっておいでやしたかい」

と、箕助一人が山本町でもらった一升徳利を前に、機嫌よさそうに待っていた。あの三人と異なり、箕助はもうすっかり手習い処の奉公人となっている。

「山本町に留守居をした与作が言っておりやしたが……」

箕助は話しはじめた。

おサキがいなくなったと聞いたとき、同心の小林市十郎は狼狽《ろうばい》し、奉行所にすぐ捕方を走らせたという。

奉行所からは羽織袴に陣笠をかぶった、おとといにも来た与力の大野矢一郎が

新たな同心や捕方を引き連れ、駈けつけたらしい。大野矢一郎は慌て、仙台堀や小名木川まで探索したという。

矢一郎も市十郎も、鳥居家用人の垣井修介がおサキを拐かしたなど微塵《みじん》も思っておらず、奉行の鳥居耀蔵から、

「――いかな与太も、捕縛は不要。ただ山本町の恙無《つつがな》きを図《はか》れ」

と、厳命されていたのだ。

矢一郎も市十郎も、与えられた役務には人一倍忠実だった。その忠実さを、奉行の妖怪は実にうまく利用したことになる。拐かしを知っていたのは、用人の垣井修介と腰元二人だけだったのだ。

役務にことさら忠実な与力と同心に、

（二人とも仕事熱心のゆえ、向後はわしの最も手強《てごわ》い相手となろうかのう）

照謙の懸念は倍加していた。

「日々が諸国行脚でござる。数日とどまるも来た日に離れるも、拙僧にはおなじこと」

と、竜泉が江戸を発《た》ったのは、来てから二日目の朝だった。

照謙は中間姿の箕助と山門まで出て見送った。箕助には、あの日浜松町の街道で見かけた、あの饅頭笠の僧侶である。

ちょうど手習い子たちが山門を入って来るのと重なった。どの手習い子の表情も明るく、親や町の者が送って来る光景はすでになかった。その手習い子たちのようすに、

「ほう。ほうほう」

と、竜泉はしばし山門に立って目を細めていた。

布袋の鋭吾郎の言ったとおり、山本町から野ねずみの三五郎や狐の権左らの姿は消えていた。立ち退きの話は、沙汰やみとなったのだ。

照謙は箕助を永代寺門前へ物見《ものみ》に出した。

「――思ったとおりでさあ。野ねずみの三五郎も狐の権左も、煤払いの夜をさかいに消えちまったそうで。いえ、永代寺門前からだけじゃのうて、この世からで。その後の門前東町ですかい。門前仲町と門前町の店頭がうまく取り計らい、揉め事は起きていねえようで」

箕助の報告に、照謙はもう驚かなかった。

（――わしも、みょうな世界と係り合いを持ってしもうたわい）

口とは裏腹に、なかば愉快に思ったものである。

その日、昼八ツの鐘が響き、手習い子たちが歓声を上げたすぐあとだった。

谷川征史郎が、歴とした武士の姿で来た。

「おめえ、いや、旦那はいってえ、何者ですかい」

と、箕助は目を丸くしていた。

居間に上がり、用件を語り出すと、さらに驚きの連続だった。武家姿で来ているから、言葉遣いも武家に戻っている。

「妖怪屋敷では、用人に屋敷の名を汚す慮外者《りよがいもの》がいたとかで即座に切腹を命じ、練塀小路の屋敷で即執行された由《よし》にございます」

「うーむ。何者かに自邸の門前で襲われたのではのうて、自裁《じさい》……か」

と、照謙は得心した。

南町奉行所で報告を受けた鳥居耀蔵は、永代寺門前の得体の知れない動きも合わせ、なにが出て来るか判らない危険を覚り、保身のためさっさと幕引きを図ったようだ。さすがに動きは迅速だ。

「垣井修介、なんとも憐《あわ》れよのう。あの者、仕えるべきあるじを間違《まちご》うたようじゃ。……南無《なむ》妙法蓮《みようほうれん》華経《げきよう》」

念仏を静かに唱えた。

中間姿で居間に茶を運んで来てそのまま座りこんでいた箕助が、

「旦那方、いってえなんの話を……。それに征史郎さん、まえまえから思っておりやしたが、きょうのその身なりは？　練塀小路に行ったときにゃ、腰切半纏に三尺帯の職人さんでやしたぜ」

「ふふふ。まえにも言ったろう。武家奉公の経験もあって顔が広く、なにかと役に立つ御仁だ、と」

照謙が代わって応えた。

箕助の満足できる答えではない。

照謙は思った。

（これからのこともある。いつかは荘照居成の縁起《ゆえん》を話さねばならんかのう）

いつ、どのように……、それはまだわからない。

「ちょいと三人で、そこの居成に柏手《かしわで》でも打ちに行かんか」

照謙は言った。

その祠《ほこら》は静かに佇《たたず》んでいた。

天保十三年（一八四二）、年末も差し迫った日のことである。

幽霊奉行

一〇〇字書評

切り取り線

購買動機（新聞、雑誌名を記入するか、あるいは○をつけてください）

□（　　　　　　　　　　　　　　　）の広告を見て
□（　　　　　　　　　　　　　　　）の書評を見て
□ 知人のすすめで　　　　　　　□ タイトルに惹かれて
□ カバーが良かったから　　　　□ 内容が面白そうだから
□ 好きな作家だから　　　　　　□ 好きな分野の本だから

・最近、最も感銘を受けた作品名をお書き下さい

・あなたのお好きな作家名をお書き下さい

・その他、ご要望がありましたらお書き下さい

住所	〒				
氏名		職業		年齢	
Eメール	※携帯には配信できません		新刊情報等のメール配信を 希望する・しない		

この本の感想を、編集部までお寄せいただけたらありがたく存じます。今後の企画の参考にさせていただきます。Eメールでも結構です。

いただいた「一〇〇字書評」は、新聞・雑誌等に紹介させていただくことがあります。その場合はお礼として特製図書カードを差し上げます。

前ページの原稿用紙に書評をお書きの上、切り取り、左記までお送り下さい。宛先の住所は不要です。

なお、ご記入いただいたお名前、ご住所等は、書評紹介の事前了解、謝礼のお届けのためだけに利用し、そのほかの目的のために利用することはありません。

〒一〇一-八七〇一
祥伝社文庫編集長　坂口芳和
電話　〇三（三二六五）二〇八〇

祥伝社ホームページの「ブックレビュー」からも、書き込めます。
www.shodensha.co.jp/bookreview/

祥伝社文庫

幽霊《ゆうれい》奉行《ぶぎょう》

令和 元 年 12 月 20 日　初版第 1 刷発行

著　者　喜安幸夫《きやすゆきお》

発行者　辻　浩明

発行所　祥伝社《しょうでんしゃ》
東京都千代田区神田神保町 3-3
〒 101-8701
電話　03（3265）2081（販売部）
電話　03（3265）2080（編集部）
電話　03（3265）3622（業務部）
www.shodensha.co.jp/

印刷所　萩原印刷
製本所　ナショナル製本
カバーフォーマットデザイン　中原達治

Printed in Japan ©2019, Yukio Kiyasu ISBN978-4-396-34593-8 C0193

祥伝社文庫の好評既刊

喜安幸夫
闇奉行 押込み葬儀

八百屋の婆さんが消えた！ 善良な民への悪行《あくぎょう》、許すまじ。奉行に代わって「相州屋」が悪をぶった切る！

喜安幸夫
闇奉行 出世亡者《もうじゃ》

出世のためにそこまでやるのか――？ 欲と欲の対立に翻弄された若侍を救うため「相州屋」の面々が立ち上がる！

喜安幸夫
闇奉行 火焔《かえん》の舟

祝言を目前に男が炎に呑み込まれた。船火事の裏に仕組まれた陰謀とは？ 奪われた数多の命の仇を討て！

喜安幸夫
闇奉行 切腹の日

将軍御用の金塊が奪われた。その責を負った仁左のかつての盟友。切腹の日までに相州屋は真実に辿り着けるのか。

喜安幸夫
隠密家族

薄幸の若君を守れ！ 紀州徳川家のご落胤《らくいん》をめぐり、陰陽師の刺客と紀州藩薬込役《やくごめ》の家族との熾烈《しれつ》な闘い！

喜安幸夫
隠密家族 逆襲

若君の謀殺を阻止せよ！ 紀州徳川家の隠密一家が命を賭けて、陰陽師が放つ刺客を闇に葬る！

祥伝社文庫の好評既刊

喜安幸夫　隠密家族　攪乱《かくらん》

頼方《よりかた》を守るため、表向き鍼灸《しんきゅう》院を営む霧生院《きりゅういん》一林斎《いちりんさい》たち親子。鉄壁を誇った隠密の防御に、思わぬ「穴」が！

喜安幸夫　隠密家族　難敵《なんてき》

敵!?　味方!?　誰が刺客？　新藩主誕生で、紀州の薬込役が分裂！　仲間に探りを入れられる一林斎の胸中は？

喜安幸夫　隠密家族　抜忍《ぬけにん》

新藩主の命令で対立が深まる紀州藩。新たな危機が迫る中、一林斎は、娘に家族の素性を明かすべきか悩み……。

喜安幸夫　隠密家族　くノ一初陣《ういじん》

世間を驚愕《きょうがく》させた大事件の陰で、一林斎の一人娘・佳奈《かな》に与えられた任務――初めての忍びの戦いに挑む！

喜安幸夫　隠密家族　日坂《にっさか》決戦

東海道に迫る上杉家の忍び集団「伏嗅《ふしかぎ》組」の攻勢。霧生院一林斎たち親子は、参勤交代の若君をいかに守る？

喜安幸夫　隠密家族　御落胤《ごらくいん》

兄・吉宗の誘いを断り、鍼灸療治処を続ける道を選んだ佳奈。そんな中、吉宗の御落胤を名乗る男が出没し……。

祥伝社文庫の好評既刊

喜安幸夫
出帆《しゅっぱん》 忍び家族
戦国の世に憧れ、抜忍《ぬけにん》となった太郎《たろう》左《ざ》・次郎左《じろうざ》。豊臣の再興を志す国松《くにまつ》と幕府の目の届かぬ大宛《たいわん》（台湾）へ！

富田祐弘
信長を騙《だま》せ 戦国の娘詐欺《さぎ》師
戦禍をもたらす信長に一矢《いっし》を報《むく》いよ！　戦乱ですべてを失った少女が挑んだのは、覇王を謀《たばか》ることだった！

富田祐弘
忍びの乱蝶
織田信長の脅威に怯える京の都を舞台に、両親を奪った仇と、復讐に燃える娘盗賊との果敢なる闘い！

富田祐弘
歌舞鬼《かぶき》姫 桶狭間　決戦
圧倒的不利のなか、なぜ信長は勝ったのか？　戦の勝敗を分けたのは一人の少女の存在だった――その名は阿国。

門田泰明
汝《きみ》よさらば （一） 浮世絵宗次日月抄
「宗次を殺る……必ず」憎しみが研ぐ激憤の剣。刃風唸り、急迫する打倒宗次の闇刺客！　宗次の剣が修羅を討つ。

門田泰明
汝《きみ》よさらば （二） 浮世絵宗次日月抄
四代様（家綱）容態急変を受け、騒然とする政治《まつりごと》の中枢・千代田のお城の最奥部へ――浮世絵宗次、火急にて参る！

祥伝社文庫　今月の新刊

須賀しのぶ
また、桜の国で
戦火迫るポーランドで、日本人青年に訪れた選択の時――直木賞候補作、待望の文庫化！

安達　瑶
悪漢《わる》刑事《デカ》　最後の銃弾
〝上級国民〟に忖度してたまるか！　敵だらけの刑事・佐脇は刺し違え覚悟の一撃を放つ。

辻堂　魁
希《のぞ》みの文《ふみ》　風の市兵衛　弐
市兵衛、危うし！　居所を突き止め、襲い来る暗殺集団に〝風の剣〟で立ち向かうが……。

黒崎裕一郎
必殺《ひっさつ》闇同心《やみどうしん》《新装版》
〈殺し人〉となった同心が巨悪に斬り込む！「必殺仕事人」の脚本家が描く人気シリーズ。

喜安幸夫
幽霊奉行
圧政に死を以《もっ》て抗《あらが》った反骨の奉行、矢部定謙《やべさだのり》。苦しむ民を救う為、死んだはずの男が蘇る！